不遇な俺の
お気楽辺境スローライフ
～隠居したちびっこ転生貴族は最強付与術でもふもふ相棒と村づくりします～
うみ
Illust. ノキト

「わおん！」
クーン
ティルが川から助けた元ダイアウルフ。ティルと契約したことによりクーシーに進化し、豊富な魔力をティルと共有することができるようになった。
「あの虹、見に行ってみようと思ってるんだ」
CHARACTERS
ティル・オイゲン
高名な魔術師一家の次男。実は転生者で、幼くして最高峰の付与術をあみだし神童とされるも、魔力がほぼゼロで力を活かせずにいた。これでは一家の名に恥じると心機一転、辺境の廃村でスローライフを送ることに。

「うん、ティルの想い受け取った」
ハク
虹の渓谷にある廃村に一人で暮らす、謎多き竜人の少女。口数が少なく感情表現が乏しいが、優しい心を持つ。ティルが廃村にやってきてからというもの、みるみる体調がよくなって…？
「巫様《かんなぎ》は聖域に住んでいるの？」
シュシ
鬼族の少年。年相応に無邪気で素直。父と共にティルの廃村を訪れ、移住してくることに。ティルを「巫様」と呼び慕う。
「マルチェロだ。今は冒険者をやっている」
マルチェロ
怪鳥にさらわれ森に落とされたティルを助けた熟練冒険者。面倒見がよく物知りで、魔物や採取のことなど様々な生きる術をティルに教える。

「ティル、もう大丈夫」

彼女の声と時を同じくして
オーラが消え、彼女の姿が露わになる。

彼女が少しだけお姉さんになっていた。

背からは飛竜のような純白の翼が生えていた。

「封印する」

ティルの最強付与術で、
ハクも本領発揮！

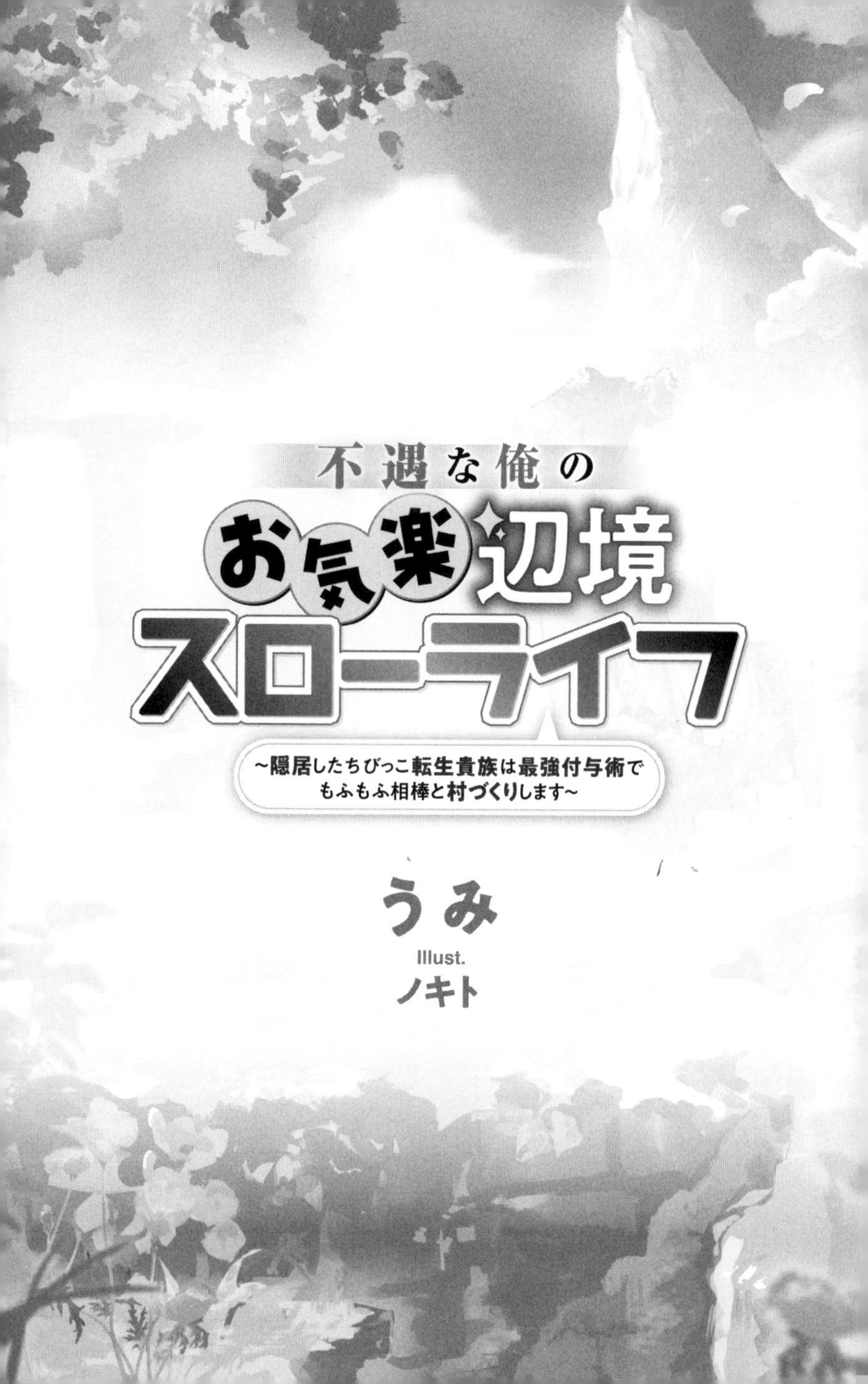

不遇な俺の
お気楽辺境スローライフ
～隠居したちびっこ転生貴族は最強付与術でもふもふ相棒と村づくりします～

うみ

Illust.
ノキト

目次

プロローグ　さようなら日常、こんにちはスローライフ

大陸中央部に位置するコブルト王国はオイゲン伯爵領の領都ハクロディア。そこには王国一と名高い蔵書数を誇る図書館がある。豊富な蔵書を存分に生かすことができるよう研究室まで併設されていた。

「こうかな、いや」

大人用の椅子に座り、届かない足をブラブラさせながらうんうんと頭を捻る。

ここは併設された研究室の中でも認められた者だけが持つことができる専用の研究室。分厚い一枚板で作られた執務机の上に積み上げたこれまた分厚い本たち。

一握りの者にしか認められない専用の研究室に俺のような子供が籠っていることは異質も異質である。

わずか八歳にして子供一人でこんなところに籠っているのはもちろん理由があるわけで……。

父が家庭教師としてつけてくれた一流の付与術師から学ぶことができる付与術は全て学んでしまった。両親や兄はそんな俺を天才だ、神童だと褒めてくれたのだけど、本人としては微妙さしかない。

前置きしておくが、俺は決して天才とかそんなものじゃあないんだ。ここまで座学が得意な

ことには秘密がある。

それは……前世日本の記憶を持つからだ。

あまりに唐突すぎたよな。少し長くなるけど、順を追って語ってみることにしよう。


ある日突然、目覚めたら自分が知らない世界で赤ん坊になっていた。広い部屋に意匠を凝らした調度品が見えたのでお金持ちの家に生まれ落ちたのかなと思っていたが、貴族だったとはびっくりしたのなんのって。

貴族に生まれ変わった、こいつは勝ち組だぜ。そう思っていた時期が俺にもありました。

俺はオイゲン伯爵家の次男として生まれたわけなのだけど、我が家は魔術の大家として名を馳《は》せていたんだ。父は豪炎の魔術師という異名を持つ宮廷魔術師長。五つ離れた兄も水属性に高い適性のある魔術師として将来を嘱望されている。

俺もまた希少な付与術師の適性を持って生まれた。魔法がある異世界、それも魔術の名家で自分もその才能を持っている。ワクワクしたさ。もうこれでもかってほどにね。

付与術に限らず魔術を発動させるには高度な技術が要求される。いくら希少職の適性を持っていても技術が無ければ宝の持ち腐れだ。

術式を脳内で組み立て呪文と共に魔力を流し込むことで魔術が発動する。

前世の記憶がある俺は幼い頃から既に大人と同じ思考能力を持っていた。都合のよいことに術式の理論は数学と似ていた。前世で数学系の大学を卒業した俺としては元から積み重ねがあったんだよね。高校数学レベルだったことも幸いした。

瞬く間に上級付与術の術式まで学びきり、六歳で家庭教師が必要なくなってからはこうして一人研究に励んでいる。

ここまで研究に没頭しているのにも理由があって——。


コンコン。

「どうぞ」

「ティル坊ちゃま、紅茶をお持ちしましたぞ」

「先生自ら、恐縮です」

「あなた様こそ我が師ですぞ。今日もまた新たな術式を組んだのですかな」

ふぉふぉふぉふぉ、と上品に笑いながら淹《い》れたての紅茶を注いでくれる老年の付与術師。

彼は俺の師で付与術の何たるかを教えてくれた尊敬すべき人だ。

「一応、新しい術式が完成したのですが……」

「見せていただけますかな？」

あまり気が進まないけど、お世話になっている我が師の前だ。彼ならば俺を笑うこともない。

思考を高速回転させ、術式を組み上げる。

「アルティメット」

　ぼんやりした白い光に全身が包まれ、光が消えた。

　効果を確かめるようにその場で軽く跳ねてみると、高い天井に当たりそうになる。

　ま、まあ、こんなもんか……。

　がっかりする俺に対し老年の魔術師はワナワナと指先を震わせ目を大きく見開き言葉にならない声をあげていた。

「ア、アルティメット……アルティメット・ストレングスでもなくアルティメット・アジリティでもなく、アルティメット……まさか、このような……」

「発想の転換でした。全能力に対しバフをかける、シンプルで強力な付与術です」

「天才……ティル坊ちゃまこそ、天がこの地に遣わせた御子に違いありません！」

「い、いえ……僕はそんな」

　付与術師の最も基本的な術式は身体能力強化――バフである。

　強化の強さは筋力だとストレングス、ハイ・ストレングス、アルティメット・ストレングスとランクがあるんだ。

　通常、筋力やスピードなど別々にかけるバフを一気にかけたものが、先ほど使ったアルティメットである。

　これ以上の身体能力強化の付与術は存在しない。

まさに最高峰の強化率、ひょっとしたらと思って開発してみたのだが……逆に落ち込むことになってしまった。

苦笑いしつつ、紅茶をいただき彼に見せぬようはあと息を吐く。

「少し休憩してきます」

そう言い残し、部屋を辞す。

「ちくしょおおおおお」

誰もいないテラスで力の限り叫ぶ。

考え得る最高峰の強化でも、この程度だった。最高の術式で低級かそれ以下の威力しか発揮しないとは、これ以上俺にどうしろってんだよ。

原因は分かっている。

どれだけ術式構築能力が優れていても、俺は魔力が致命的に少ない。

最高級のレースカーに乗っていてもガス欠じゃあ、おんぼろの中古車にも負ける。

「どうすりゃいいってんだよおお」

もう一度思いの丈を力いっぱい叫んだ。

魔術の大家たるオイゲン伯爵家で不甲斐《ふがい》なさすぎる。父も兄も慰めてくれたし、惜しみなく研究室を使わせてくれた。

でも、魔力がないことはどうにもこうにもできなかったんだよな。体が成長すれば魔力が増えるのだが、それも魔術の学術書を読み漁ったことで絶望に変わる。

魔力は体積辺りに蓄積される量が決まっていて、子供から大人に成長することによって体積が増えるから魔力も増える仕組みだ。

そもそも絶望的に魔力が低い俺の体積が倍になったところで……なんだよ。

このままだと父が笑いモノになってしまう、それならいっそ俺なんていない方が。

ブルブルと首を振り、沈む気持ちを振り払う。

「こんな時はコッソリ抜け出して気分転換だ」

屋敷の外れにはあと一年くらいしたら抜け出せなくなっちゃうだろうなあ、というくらいの小さな穴があってさ。そこから外に行くことができるんだよね。

屋敷に監禁されているわけじゃないので、言伝をすれば堂々と外に出ることはできる。だけど、護衛がゾロゾロとついてくるし、何よりこいつが楽しめない。

握りしめた小銭を露店のおじさんに手渡した。

手に入れたるはコップ一杯に注がれたドリンクである。こいつは水に水あめとジンジャーを混ぜた庶民に愛される一品だ。

前世の子供のころに飲んだ「冷やしあめ」そっくりの味でさっぱりとしていて疲れた時とか気分転換したい時に飲みたくなる。

頼めばお屋敷のメイドが出してくれるのだけど、こうして露店で買ってベンチで楽しむと格別ってものよ。

護衛を連れていると露店で買い食いなんてできないからね。

「ふう」

広場の隅っこのベンチに座り、ちびちびとドリンクを楽しむ。ぼーっと雑踏を眺めていたら、通行人の話し声も聞こえてきた。

「伯爵家の長男がまた出世しそうだって噂だぜ」

「まだ十五かそこらだったんじゃ？」

「さすが伯爵家だよな。次男は微妙らしいけど」

「それでも俺たちに比べりゃ」

好き勝手言われているが、今に始まったことじゃないし、通行人の彼らとて噂話だからってのは理解している。

苦笑するも、気持ちが落ち着いてきた。

さて、戻るか、と立ち上がったところで視界が真っ暗になる。

「ぐ……」

麻袋かなにかを被せられたのかと自覚した時、首に鈍痛が走り意識が遠くなった。

目を開けるが、視界は暗いまま。鈍い俺でも自分が置かれた状況は理解している。

まさか、人の目の多い広場で人攫《ひとさら》いに遭うとは、完全に油断していた。

「楽勝だったわ、伯爵家の次男は無能って噂《うわさ》だったからな」

「間違えて長男を攫おうものなら、俺たち今頃消し炭だぜ、ガハハ」

「しっかし、こいつで本当に身代金を取れるのか？」

「お貴族様にはメンツがあるだろ。いくら無能でもな」

声からして若い男と年かさの男の二人だな。ちくしょう、好き勝手言いやがって。

自分でも自覚してんだよ。そうだよな、いくら使えない面汚しでも伯爵家には貴族としての面子がある。自分が勘違いしているだけかもしれないって？

いやいや、そんなことはない。繰り返しになるが、オイゲン伯爵家の名は魔法の名門として王国内に轟《とどろ》いている。父の名声は留まることを知らず、兄は若くして宮廷魔術師だ。一方の俺ときたら同年代の魔力量平均の二割に満たないときたものだ。

家族は無能を自覚する俺にも優しくて、疎ましさから追放する、なんてこともまず起こりえない。だからこそ、ずっと家族に迷惑をかけて過ごすことに抵抗がある……。

彼らのことが大好きだから家の名誉を汚さないためにどこか遠い土地でスローライフでも送りながらのんびり過ごしたいな、とか常々思っていた。

それにしても、俺が力を持たない子供と分かっているからか、こいつら本当に舐《な》めてるな。

俺を縛りさえしていない。

といっても、大の大人二人相手に逃げ出せるなんて思ってないのだが……。

鬱々とした俺の気持ちなんぞ、知ったこっちゃない二人の会話が続く。

「おい、兄弟。お貴族様はメンツが傷つかないのならいいんだよな」

「攫われて不幸にも亡くなったのならメンツが傷つかないってか？　貴族って怖え」

「何言ってんだ、兄弟、こんな子供を亡き者になんて」

「俺がそんなことをするわけねえだろ！　ちいとばかり金をいただきたいだけだ」

ああ、そうか。そういう手もあるんだな。

自ら出奔したら家名に傷がつく。ならこのままいっそ……いやいや、ここから逃げ出し街から離れたらそのまま野垂死ぬのが関の山だろうて。

ヒヒイイン！

はあとため息をつきそうになるが、馬の悲鳴で肩がビクリとあがる。

「馬の怯《おび》えよう、ただごとじゃねえぞ！」

「ゴブリンでも出たのか」

「領都傍で魔物なんてめったな事じゃ出てこねえよ」

「お、おい、兄弟あれ……」

な、何なんだ。男たちの慌てっぷりからのっぴきならない状況になっていることだけは分かった。

馬が悲鳴をあげる、ってことは魔物の類いか、火矢でも降ってきたか、いずれにしろ緊急事態であることは確か。

「や、やべえ。なんだあのでかい鳥は！」

「きょ、兄弟、あいつ、イルグレイグじゃねえか」

「に、逃げろおお！」

「ま、待って、お、おい、坊主、お前さんも急いで逃げろおお！」

そう言われましても、視界がまるできかねえんだよおおお！

麻袋に手をかけ、頭からひっぺがそうともがく。

ドオオオン。

物凄い轟音と共にふわりと体が浮き上がる。そこでようやく麻袋が取れた。

な、なるほど。轟音は馬車が砕け散った音で馬に乗って逃げている男たちの姿が見えた。

俺？　俺はだな。

なんと、巨大な怪鳥に掴《つか》まれて、瞬く間に大空へと持ち上げられてしまっているようだった……。

怪鳥の飛ぶ速度はとんでもなく、あれよあれよという間に街がはるか先に小さく映る程度になっている。

身をよじってなんとか怪鳥の足から逃れようなんてことでもすれば、真っ逆さまだ。

かといってこのままだと、怪鳥の雛《ひな》か何かの餌になり、不幸な結末を迎えることは想像に難くない。

「俺、どうなっちゃうんだろう」

小さな体だったことが災いし、怪鳥に掴み上げられ空を飛んでいる。

無心で運ばれるままになっていたその時、転機が訪れた。

突如、怪鳥の長い首が上に動いたかと思うと全身が硬直する。その間、一秒くらいだったが俺の体から怪鳥の足が離れるには十分だった。

再起動し、動き出す怪鳥、対する俺は空に投げ出され自由落下！

不可解すぎる事象に首を捻って……な余裕があるわけあるかああああああ。

落ちる、落ちるうう。

馬車を破壊してまで俺を攫ったのだから最後まで責任持ってくれよおお！

明後日の方向に行かないで、ま、まだ間に合う、あ、あああああ。

地面まであとどれくらいだ。そ、そうだ、付与術、こんな時こそ付与術だって。

集中し頭の中で複雑な術式を組み――。

「立てれるわけないだろうがあああ。ハイ・ストレングス」

と言いつつも中級のハイシリーズまでならなんとかなった。俺の魔力じゃ雀《すずめ》の涙だが、ないよりはマシである。

巨木の合間を抜け、そのまま地面へ。

ぼふん。

柔らかいふわふわの何かにぶつかり、跳ねたところを誰かに支えられた。

何が何だか分からないが、ふわふわのところに体が戻り、難を逃れたことだけは分かる。

「怪我はないか？　坊主」

「わうん」

男の声と犬のような鳴き声が重なった。

どちらも俺のことを案じていることが声色から伝わってくる。

「な、なにがなんだか……」

「わうん」

俺の乗っているのは犬らしき鳴き声を出した獣の背中だったらしい。

白銀の毛玉一つないふわっふわの長い毛は高級ベッドより尚ふかふかで、体温のおかげかちょうどよい暖かさが眠気を誘う。

大人でも二人は乗れそうな背中をした獣は犬……いや、狼《おおかみ》にそっくりであるが、馬よりも大きい。夢がありすぎるだろ、乗ることのできる白銀の狼なんて。いや、犬でいいか。

白銀の大きな犬はフサフサの尻尾を振って、男に「あっち行け」と言っているかのようだった。

対する男はぼさぼさの黒髪をガシガシとかきむしり、ばつが悪そうに一歩後ろに下がる。

それでも尚、犬は尻尾をフリフリするが、男は素知らぬ顔で無精ひげをさすり明後日の方向を見た。

「不幸な行き違いだったんだ。お互い怪我もなかったんだしいいじゃねえかよ」

「わうん」

な、と手を前に出す男へ向け吠《ほ》える犬。吠えつつも尻尾でしっしをするのはやめたようだ。

二人の間に何があったのか分からないけど、元々知り合いだったってわけではなさそう。

特に友達でもなんでもないのだとしたら、この男……相当胆力がある。

馬より大きな犬に対し、武器も持たずに至近距離で明後日の方向を見るなんて怖すぎるだろ。

……少し考えれば、無手で近寄るのも俺がいるからか、と理解する。

状況からして二人は俺を助けるために協力して動いてくれたのだから。助けたのに俺の前で争うってことはないはず。

できれば二人には俺がいないところでも争って欲しくないな……どちらかが怪我するなんて嫌だ。

「お兄さんたちが助けてくれたんだよね、ありがとう」

「お前さんが空から降ってきたんだ。空でも飛んでいたのか？」

子供っぽく無邪気を装い聞いてみたら、男が目じりを下げ質問を投げかけてくる。

対する俺は「おじさん」と呼ぶか「お兄さん」と呼ぶか悩んでいた。ま、まあ、四十歳前後に見えるが「お兄さん」でも間違えてないさ。

「大きな鳥に掴まって、突然、落とされたんだ」

「きっとこいつの気配を感じたんだろうよ」

グイっと顎で犬の方を指す男。

指された本人はふああと欠伸をしながら、呑気《のんき》に「わうん」と声を出す。

大きさといい只者《ただもの》じゃないのは分かるけど……。

白銀の毛色で馬のように大きな狼、か。しかも、人に敵対的ではない。言葉も理解しているようだし。

そこから導き出される答えは――。

「「フェンリル」」

俺と男の言葉が重なる。

狼系の聖獣のうち最も有名で気高く、強い。英雄譚《えいゆうたん》にも勇者の相棒として登場し、子供からの人気も高いので俺でも知っていた。

怪鳥はフェンリルの威を敏感に察知し、びっくりして停止したのか。

魔物にあまり詳しくないけど、あの怪鳥だってなかなかのものだったと思う。

ということは、フェンリルと一緒にいたこの男も仲間なのか？

目線が合うも、男が苦笑しつつ首を横に振る。

「違う違う、偶然、対峙《たいじ》することになったんだ。生きた心地がしなかったぜ」

男から聞いたことをまとめると、たまたま遭遇し、とっさのことだったから剣を抜いた。

しかし、相手がフェンリルでどうやって逃げようか頭を捻っていたら子供が空から落ちてきたのが目に入る。

その後は考えるより先に手が動いていたんだって。剣を放り投げて俺が落ちないように支えてくれていたらしい。

「そうなりゃもう開き直るしかないってわけだ」

「は、はは。ありがとうございます」

ありがたいのだけど、変な笑い声が出てしまう。

彼にとっては笑い話かもしれないが、笑い話にするにはちょっとばかし早すぎるよね。

なんて思っていても口には出さないのが、前世は大人だったからこその配慮である。

「おもしろくなかったか、こいつは滑ったな」

「まあ、そんなところだよ」

「素はそっちか？」

「どっちも素だよ」

おっと、ついつい口調が変わっていた。戻しはしたが、この人なら口調なんて気にしないか。喋《しゃべ》りやすい方で喋ることにしようっと。

たはは、と後ろ首を親指でかきながらまたしても苦笑する。

そんな俺に向け彼が右手を前に出す。

「マルチェロだ。今は冒険者をやっている」

「俺はティル。よろしく」

ふわふわのフェンリルに乗ったまま、彼とがっしと握手を交わした。

「随分と空を飛んでいて、今どこにいるのか全く分からないんだ。近くの街の名前とか教えてもらえないかな？」

「一番近いのはグラゴスだな。ここはグラゴスから歩いて一週間くらいのところにある森の中だ」

グラゴス？　聞いたことのない街だ。伯爵領内の主だった街なら記憶している。となれば、少なくとも伯爵領の外であることは確定か。

ふむふむと考える俺に対し、腕を組んだマルチェロがさりげなく俺の姿を上から下まで見て半ズボンで目がとまる。

攫われてそのままだから手荷物は何も無いし、子供らしい上質な半ズボンにボタンダウンのシャツ、シャツの上からベストといった街中を歩くには支障はないけど、森の中をうろつくアウトドアスタイルではない。特に半ズボンはなあ……彼の目がとまったのも理解できるよ。

「ほんとおもしれえ奴だな。貴族の坊主みたいな格好でコロコロ口調が変わるわ、とんでもねえ状況なのにもう落ち着いているわ」

「変だったかな？」

「そういうわけじゃない。面白いって言ってんだ」

「あはは。マルチェロも相当変わり者だと思うよ」

人好きのする笑顔で「そうか」とぼりぼりぼさぼさ頭をかきむしるマルチェロ。

何だか憎めない、人に警戒心を抱かせない彼の雰囲気は生来のものかな。一期一会が多い冒険者って職は彼にとって天職なのかもしれない。

貴族の子に生まれ、基本屋敷の中で生活していたのでこうして冒険者と話をするのは初めてだ。

ざっくりとカテゴライズするなら、この世界は魔法があるファンタジー風異世界である。

ファンタジー風異世界の定番（俺調べ）といえば、ズバリ冒険者だよな。

先生から聞いたり、本で読んだりして冒険者のことは調べた。

彼らは日雇いの個人事業主のようなもので、冒険者ギルドで依頼を受けて依頼を達成することで報酬を得たり、魔物や薬草を売って稼ぐことで生活をしている。

危険と隣合わせであるが、自由気ままな彼らの生きざまは憧れだ。

子供の好きな職業トップ３ってものがあればきっと冒険者もランクインするはず。

彼から色々聞きたいところではあるけど、そうも言っていられない。

怪鳥にここまで運ばれた俺は何も持っていないし、どこにいるのかも分からない状況である。

暗くなる前に少なくとも安全に休めるところは探しておかなきゃ。食事や水のあてもない。

うーん。チラリとマルチェロの顔に目をやる。

彼に街まで連れていってもらって……もわずか八歳の子供が生きていくことは難しい。俺が並の付与術師くらい魔法が使える奴なら話は別だが……現状自分が食っていけるだけのスキルは持ち合わせてなどいないのだ。

「わうん」

「ん？　どうしたの？」

のっしのっしとフェンリルが歩き始めた。

「おいおい、どこに行こうってんだ」

マルチェロもフェンリルの後を追う。

この時はまさかフェンリルが俺の考えていることを察して動き出したなんて思いもしなかった。

第一章　虹のかかる渓谷

移動すること三十分くらいだろうか。

マルチェロがついてこれるようにフェンリルがゆっくりと歩いていたので、そこまでの距離は進んでいない。

それでも俺が三十分駆け足をするよりは遥《はる》かに進んでいる。

「お、おお」

「お前さんにこの景色を見せたかったのかもな」

辿《たど》り着いたのは小高い丘の上だった。遠くの山までよく見渡せる。

「わうん」

フェンリルが首を右に向け顎をあげた。

彼の視線の先に見せたいものがあるのかな？　目を凝らすが遠くてよく分からないな。

ここは、そうだな。

術式を構築……発動。

「ハイ・センス」

力ある言葉と共に五感を強化するハイ・センスの付与術が俺を強化する。

どうだ。

再び同じ場所を見てみる。

「谷の合間に虹がかかっている。近くで見たら綺麗《きれい》だろうな」

「わうん」

そうだろ、と応えるかのようにフェンリルが尻尾を振った。

「あの辺りは行ったことねえな」

額に手を当て同じ方向を見ていたマルチェロがうそぶく。

「冒険者って色んなところへ行くんだよね？」

「まあそうだが、冒険者も本当に未知の場所へ行くってことはあんまねえんだ」

「そんなもんなの？」

「おう、おいしいところとおいしくないところがあったら、おいしいところに行くだろ」

何となく彼が言わんとしていることは分かった。

冒険者ギルドの依頼は多岐に渡る。子供たちが想像する冒険者は魔物の襲撃に悩む村へさっそうと登場し、バッタバッタと切り捨てるって奴だけど、こういうのって一回限りなんだよね。一方で冒険者は日常的に依頼を受けてお金を稼がなきゃいけない。

そうなると、いつでも買い取ってくれる魔物の素材とか薬草の採集といった依頼を受けることになる。いつでも安定して受けることができる依頼のことを彼は「おいしいところ」と表現しているのだろう。

うんうん、そういうことかあ、と頷《うなず》く俺に向けマルチェロが言葉を続ける。

「ティル、いや、何でもない」

「気になりすぎる言い方だね」

予想できることはいくつかあるな。

この後どうするつもりなんだ、とか、さきほど使った付与術のこと、とか、うんぬん。

思わせぶりな発言でバツが悪くなったのか、目が泳ぎ口笛を吹くかのような口で無精ひげを撫《な》でる。

「それはそうと、この後どうするつもりだ？」

「決めているよ」

ふ、ふふ。その質問は予想した一つだぜ。

無邪気に笑い、ビシッと前方を指さす。

「ん？」

「あの虹、見に行ってみようと思ってるんだ」

へ、と毒気を抜かれあっけにとられるマルチェロ。子供っぽく天真爛漫《てんしんらんまん》に振舞ってみたのだが、どうやら彼は騙《だま》されてくれなかったらしい。

「見た所、お前さんの種族は俺と同じ人間のようだから、俺の想像するくらいの歳なんだろうが、見た目で判断しちゃいけねぇよな」

「は、はは」

分かり辛い表現だけど、彼が言わんとすることは察することができた。

たとえ子供だとしても軽く見ず、ちゃんと一人の人間として接する、ってことだろう。俺に何か考えがあってのことだな、って分かろうとしてくれている。

言い方が素直じゃないけどね。

一方で彼はビッと親指を立て白い歯を見せる。

「乗りかかった船だ。虹のところまでは付き合うぜ」

「とても助かるよ」

虹のあるところまで行く、ということは、考えあってのことだけど……それ以外選択肢がないというか。

根拠はないけど、フェンリルが案内してくれた場所だから何かあるんじゃないかなってね。

それ以外にも、谷なら川か湖がある可能性が高い。

◇◇◇

いざ、虹のかかる渓谷を目指して進む。フェンリルとはあの場で別れ、今はマルチェロと二人でてくてく歩いている。

うっそうとした森の中、人の手が一切入っていない自然のままの景色は新鮮で興味深い。

貴族生まれで街から出たことのないお花畑な俺であっても、呑気な散歩感覚にはなっていないぞ。景色を楽しむことはしているけどさ。

人の手の全く入っていない食糧豊富な森となれば、野生動物の数も多い。野生動物はさほどの脅威ではないが、この世界には魔物もいる。

魔物は野生動物とは比較にならないほど危険度が高く、フェンリルのように友好的な種は少ない。

魔物を見たら襲い掛かってくると思え、と言われているほど。

こんな大自然の森の中をソロで冒険していたマルチェロはきっと腕の立つベテラン冒険者だ。彼がついてきてくれて非常に心強い。

かといって彼に頼り切りになるつもりはないんだ。いや、頼り切りと言えば頼り切りだな。

虹のかかる渓谷に着くまでという短い期間しかないから、彼の所作を見て一つでも生きる術を学んでおこうとしている。

更に感覚を研ぎ澄ますため、雀の涙ほどではあるが五感を強化する中級付与術『ハイ・センス』を自分にかけて、彼が魔物に気が付くのと自分が気が付くのにどれほどの時間差があるのか、も試せるようにしていた。

できることなら魔物には出会いたくない。木に登ったら凌《しの》げるのかなあ……。

「そう硬くならんでも、気にせず歩け」

「ん、この音」

「お、耳がいいんだな」

感心感心と腕を組みニヤリとするマルチェロ。それ、悪だくみしているようにしか見えないぞ。

ザアザア。

かすかに聞こえていた音が大きくなり、水の流れる音だと確信する。

湖の水はそのまま飲むには怖いけど、川の水なら大丈夫だと思う。思うことにする。

日本基準ならどちらもダメだ。浄水してから飲みましょうになる。分かっていても火打石の一つも持っていないから煮沸消毒さえできないからね。

「やったー！　喉が渇いてたんだ」

「荷物も全部置いてきちまってるものな」

「命があっただけでももうけものだよ」

「なら、無駄にしちゃいけねえな」

彼なりの冗談に対しくすりと笑う。対する彼も苦笑し、先に川の水へ口をつける。

続いて俺も水を飲むことにした。んー、乾いた体に染み渡るう。

ザ、ザザザ。
その時、脳内にノイズのような声？　音？　が響く。

ハイ・センスで多少なりとも感覚を強化しているから、虫の知らせ的な何かだろうか。気のせいだと言えばそれまでなのだが、大自然の中ではこういう感覚は大事にしていきたい。

目を閉じれば脳に入ってくる情報が減るから、ひょっとしたら先ほどのノイズをよりハッキリと感じ取れるかも？

瞑想《めいそう》する時のように意識を内へ内へ——。

「ティル……」

これまでのおちゃらけた様子から一変し、低い声でマルチェロが耳元で囁《ささや》く。

ただならぬ彼の様子に目を開け、彼が顎で指し示した方向を見やる。

え、と声が出そうになるのを呑み込む。

距離にして五メートルほど先の木に寄り添うようにして額から角の生えた少女が立っているではないか。まるで最初からそこにいたかのような自然さで。

視視するまで彼女がそこにいることに全く気が付かなかった。

俺の住む街では様々な種族を見ることができるのだが、実際に見るのは初めての種族だ。額の両脇から長い角が伸びているが、鬼族とは異なる。

鬼族の角は真っ直ぐすべすべなのに対し、彼女の角はゴツゴツしたもので鬼族に比べると角が長い。ちょうど額の両脇から手の平を伸ばしたくらいの長さだろうか。

鬼族以外に角の生えた種族はいくつかある。獣人と呼ばれる動物の角に似た角を持つ種族で鹿族とかがいたな。

鬼族と獣人は街でも見かけるのだけど、お勉強に精を出してた俺が文献だけで知る角の生えた種族は二つある。

一つは魔族と呼ばれる種族で角だけじゃなく背中からコウモリのような翼が生え、細長い尻尾を持つ。もう一つは彼女のような角を持つ種族で竜人と呼ばれる種族だ。

竜人の親戚筋と言われる種族にドラゴニュートってのがあるのだが、こちらは鱗《うろこ》を持ち顔もリザードマンに近い。

一方で竜人は人間と似た顔で角を除けば人間そっくりに見える。ひょっとしたら尻尾があるかもしれないけど、彼女の姿からは尻尾が確認できない。

前置きが長くなったが、俺の見立てでは非常に珍しい竜人である彼女は、人間にすると歳の頃は八歳から十歳くらいといったところで銀色の真っ直ぐな長い髪をしていた。

もっとも目を惹《ひ》くのが抜けるような透明な肌で、遠目でも分かるほど。

しかし、彼女……冒険者にしては装いが冒険者らしくない。旅装といえるような装いでもなかった。簡素な麻の服に裸足という家の中にいるかのような格好だったのだ。

ってことは、高台からだと見えなかっただけで、近くに村があるのか!?

マルチェロも俺と同じように視認するまで彼女の姿に気が付かなかったことから、只者ではない……はず。

丸腰だし、彼女からは敵意を感じられない。いや、彼女は俺たちのことなど見ていない。自然体で佇《たたず》む彼女の姿に完全に毒気を抜かれ、警戒心もなくなった。

こちらに見られていることに気が付いていないわけはないだろうに、彼女はじっと流れる川の方向を見つめたままこちらを向こうとはしない。

彼女の目線の先――犬か。

川の流れはそこまで速くないのだが、川幅は二十メートルほどある。川の中ほどに犬らしき頭が見え、流されては戻りを繰り返していた。

彼女の飼い犬だったのかもしれない。そう思うと彼女の目線が物悲しいものに見えてくるから不思議なものだ。

俺も前世では犬を飼っていたんだよな。長年連れ添った愛犬が亡くなった時は食事も喉を通らなかったほど。

もしかしたら、犬が彼女を守って川でもがいているのかも？

「待ってろ」

「おい、ティル、今はマズイ」

止めるマルチェロの言葉も聞かず、上着を脱ぎ捨て川に飛び込む。

余計なお世話なのかもしれないけど、自分の飼っていた犬と重なり居てもたってもいられなくなり、衝動的に川へ飛び込んでしまった。

何故彼女が佇んだまま、川へ飛び込もうとしないかなども考えもせずに。

「発動、アルティメット」

川岸へ引き返す気など毛頭なく、引き留める彼への返答の代わりに最上級付与術『アルティメット』を発動した。

力ある言葉と共に緑色の光で複雑な文様が描かれた魔法陣が出現し、光となって俺の体に吸い込まれる。

強化率が最高のアルティメットを筋力、敏捷性、そして五感全てに作用させるこの付与術は身体能力強化カテゴリー中、最強のものだ。

ところが、俺の魔力じゃ下級の身体能力強化を複数かけたくらいになってしまう。

それでもまあ、大人より力が強くなるし、感覚も研ぎ澄まされる。

川の流れは思ったより速くない。念には念をで『アルティメット』をかけたけど、ハイ系の強化でも十分だったかも。

……な、わけないよな。急いでいても衝動的であっても、頭はフル回転させろ。

緩んだ心を引き締め、声を張り上げる。

「待ってろ。今助けるからな」

顔だけ水の上に出ている犬を励ますように声をかけるも、彼は必死で浮き上がろうともがくばかり。

犬の元まであと少しというところで、足先が何かに触れる。やはりか。犬を引っ張り込もうとしている奴がいる。

ぐう、ナイフの一つも持っていない。きっと何かあると思って近寄ったのだけど、素手でなんとかするしかない。

犬は柴犬《しばいぬ》より少し大きいくらいなので、今の俺であれば抱えて川岸に戻ることができそうだ。

問題は「何が」犬の邪魔をしているか。

「何か」に俺も捉えられないよう注意しながら、犬を抱きかかえるようにして彼の後ろ足の辺りをまさぐる。

「ワカメのような植物系の魔物かな……」

肉食系のワニや鮫《さめ》のような魔物が喰《く》いついていなかったのは幸いか。

状況はワカメっぽい植物が犬の後ろ右脚に絡みついているだけである。しかし、このままだと状況を打破することは難しいぞ。

焦りはない。頭は冴《さ》えている。

素手でワカメにふれようものなら、俺まで絡み取られ身動きできなくなってしまう可能性が高い。

「もう少し頑張れるか」

「ティル！」

犬にかけた声と、マルチェロの声が重なる。

ヒュルヒュル。

マルチェロの手から錘《おもり》をつけたロープが放たれ俺の近くに着水した。

素晴らしいコントロールだ。マルチェロのいる川岸からここまで二十メートル近くあるんだけど、すごいな、彼の投擲技術《とうてきぎじゅつ》は。

よっと。手を伸ばしロープを掴む。

「助かる」

彼に聞こえないくらいの声で感謝を述べる。

ただ俺を引っ張るためにロープを投げたわけじゃないだろうなと思っていたよ。

錘に使われていたのは幅広のダガーだった。サバイバルナイフと表現するのがしっくりくるかも。

彼の位置から犬がどのような状態になっているのかは分からない。しかし、俺が動かないことを見て幅広のダガーを投げてくれたんだ。

ロープを腰に巻き付ければ万が一の時は俺を引っ張り上げることもできるからね。

彼の気配りはこれだけじゃない。彼は腰に山刀を装着していたのだが、投げてくれたのは幅広のダガーだった。

小回りがきき、枝を落としたりするのにも便利なナタや山刀が藻の魔物を切るにも至適だ。だけど、彼は俺の体格を考慮し幅広のダガーを託した。

凄いぜ。ベテラン冒険者ってここまで瞬時に判断できるものなのか。

ワカメに触れないようダガーを振るう。一度でやりきるのではなく、何度も何度も少しずつだ。

アルティメットで身体能力強化されているので、手元の感覚がいつもと異なるから余計に慎重に、ね。

「よっし、もう大丈夫だぞ」

「わうう」

はっはと舌を出す犬の頭を撫でる。

抱きかかえた彼を離すと、自分でバシャバシャと泳ぎ始めた。


「わおん」

岸に戻り、犬がプルプルとすると濡《ぬ》れていた時は茶色だった犬の毛並みが純白に変わったではないか！

キラキラと弾けた水が光に反射し、美しい純白を際立たせる。

それだけじゃない。柴犬より少し大きいくらいのサイズだったのが、むくむくと早回しのようにサイズが大きくなっていく。

ただの飼い犬だと思ったが、こいつは魔獣やモンスターの一種かも。

犬型の魔獣やモンスターは多数いて毛の色や爪の形、大きさなどで判別できる。中には分かりやすいのもいるのだけど……角が生えていたりする種とか。

純白の大型犬より大きなサイズは俺を助けてくれたフェンリルくらいのものだと思っていたのだけど、こいつの種族はなんなのだろうか。

忽然《こつぜん》と姿を現したあの女の子の飼い犬なんだよな？　ひょっとしたら彼女は魔獣使いの能力を持っていたりするのかも？

彼女もまた俺が初めて目にする種族だし、フェンリルからはじまった一連の流れは未知なことばかりで頭が追いついてこないよ。

うーんと悩むが二人からの視線を感じ我に返る。

俺を心配してくれていたマルチェロだけじゃなく、銀髪で角の生えた少女の目線まで俺に固定されていた。

「あ、あの……」

見つめるだけで口を開かぬ彼女に困惑する。犬は犬ではっはと俺に向かって尻尾を振っているし。マルチェロはマルチェロで腕を組み押し黙ったままだ。彼とて俺に対し言いたいことがあるだろうけど、空気を読んで待ってくれていることはすぐに分かった。

気まずい。

俺の心中など知らぬとばかりに彼女は一歩前に踏み出し踵《かかと》をあげる。

背伸びして見上げる彼女の口は閉じたまま。彼女と俺の目線の高さは同じ。息がかかるほどの至近距離でますます気まずくなるのは俺だけなのか？

たらりと冷や汗が流れ落ちる俺に対し出しぬけに彼女がぼそりと声を出す。

「クーシー」

「クーシー？」

問い返すもすっと純白の犬を指さす彼女。

あの犬の種族がクーシーっていうことかな。

「知らない？」

「初めて聞く種族だよ。あ、あの犬の名前がクーシーなの？」

彼女は左右に首を振り否定する。

初対面の俺に対し緊張しているのか、元々言葉数が少ないのかはまだ分からない。単語単語で語られても何のことか掴みきれないぞ。

聞いていいものかと悩んでいたら、ぽつりぽつりと彼女が語り始める。

「ダイアウルフ。心から信頼。魔獣より聖獣に至る。アナタの愛」

「え、えっと。元はダイアウルフという魔獣で、俺が助けたことでクーシーに進化した？」

彼女はコクリと頷く。この後もポツポツと彼女が語ったことをまとめるとこんな感じだ。

彼女は溺れるダイアウルフを発見したものの、自分では川の中に入り救い出すことが難しかった。

そこへダイアウルフと何ら繋《つな》がりのない俺が打算などなく彼を救い出したことで、ダイアウルフがクーシーに進化したのだという。

ダイアウルフは一生をダイアウルフのまま過ごすものが大半で、命の危機に陥ることも少ない。

ダイアウルフは森の中ではそれなりに強い種族らしく、足も速く賢く気配を察知する能力にも長ける。

ああ見えて果物食らしくて人を襲うことはないんだって。

ダイアウルフが心から信頼できると思う相手が現れた時、彼らはクーシーに進化する。たまたま通りがかって助けただけなのだけど、クーシーに進化することを俺が知らなかったことが幸いしたのだと思う。

そもそも、俺は彼女の飼い犬と自分の飼い犬を重ねて動いたんだものな。

彼女が何故このような場所にいたのかとか、ダイアウルフと知り合いだったのか、なんてことは分からない。彼女から語らないなら俺から聞くつもりもなかった。

興味がないのかと聞かれれば、ないわけではない。だけど、無用な詮索はトラブルの元だと
これまで生きてきて学んできたからね。

触らぬ神に祟《たた》りなし、だ。

「待ってる」

「あ、ごめん。待ってる人がいたのか。長話しちゃったよな」

フルフルと左右に首を振る彼女。

そして彼女が見やるはくだんのクーシーだった。

「君が俺を？」

「わおん」

クーシーが頭をあげて撫でてとでも言ってるかのようだ。

純白でふわっふわの毛に吸い寄せられるように手が伸びる。彼の頭に触れ予想以上の手触りに目じりも口も自然と下がった。

その時、手から魔力の流れを感じる。この感覚は慣れ親しんだものだったが、初めての感覚であった。

何を言ってるのか分からないと思われるかもしれない。

魔力の流れは「自分の体内」で循環するもの。付与術を始めとした魔力を使い魔法を発動させる時には自分で体内の魔力をコントロールして術式を組む。

本来、「自分の体内」でしか流れない魔力がクーシーから俺に伝わってきたんだよ！

これで意味が伝わっただろうか。

他者へ魔力を流すことが不可能なことではないと知っている。魔法の中にはトランスファーってものがあって、他人に魔力を分け与えることができたりするものもある。

俺とクーシーは特段魔法を使っているわけではない。これはクーシーの能力なのかも。

「お、おお。俺の魔力もクーシーに流れるのか」

「盟約……アナタが望むなら。クーシーは望んでいる」

「盟約？」

「アナタはクーシーの魔力に触れている。クーシーもアナタの魔力に触れている」

ピンときた。俺とはまるで畑違いの分野だったので「魔法」の観点からしか考えられなかったぞ。

彼女に言われてハッとなったよ。

「クーシー……名前はないよな」

「わおん」

「ロウガ、ギンロウ、シルバー……う、うーん」

「くううん」

「クーン。クーンにしよう」

我ながら単純だが、クーシーの名前をクーンにすることにした。

膝を地面につけ、彼の頭を撫でる。

両目を閉じ、手から彼に魔力を流すと彼からも魔力が流れてきた。

「誓う。ティル・オイゲンはクーンを盟友とし、魔力を共有する」

俺とクーンの体を光が包み込み、盟約の儀が成る。

盟約のやり方なんて知るはずもなく、適当に宣言しただけなのだがなんとかなったようだ。

彼の魔力が流れ……ってとんでもねえ魔力量だな。いや、俺が少なすぎるだけ……だよな。

クーンをわしゃわしゃして抱きしめる。その時気が付いた。

川に飛び込んで岸に置いてきた上着はともかく、他はずぶ濡れだった。

特に酷いのはブーツで踏みしめると水が溢《あふ》れてきて気持ち悪いったらありゃしない。

髪から垂れる水滴を払うように首を振ると、ポンとマルチェロが俺の肩を叩《たた》く。

「飛び込んだ時は焦ったぜ。無事でよかった」

「つい飛び出しちゃった。ナイフ、ありがとう」

「ズブ濡れじゃねえか。ここで乾かしてから動いた方がいい」

「ありがとう」

ほら、脱いだ脱いだと仕草をしながら枝を集め始めるマルチェロ。

動き始める彼に対し、女の子はじっと俺を見たままであった。見つめ合ったままは少し気ま

ずい。取り繕うようにして彼女へ声をかける。

「え、えっと。俺はティル。君は？」

「ハク」

「ハク、俺はしばらくここで暖を取ることにするよ」

「寒い？」

濡れているから体温が奪われて多少寒くなっているけど、現在の気温は高いしハクの言わんとしていることは分かる。

歩いていなくても汗ばむほどだからね。

といっても、濡れている俺を見て「寒い？」は少しばかりズレている気がする。あくまで自分の感覚で、だから世間一般では特に違和感を覚えるものではないのかも？

インターネットはもちろんラジオさえない環境だから、世間との意識の共有は希薄な世界である。その分、個々人の考え方に個性があり、これはこれで悪くないと思っているんだよな。

日本の生活は便利で快適だったけど、この世界はこの世界でいいところも多い。どちらかを選べと言われたら……日本かな。

他にも俺と同じような転生者がいたとしたら、是非とも聞いてみたい。

とりとめのないことを考えながら服を脱がずマルチェロに続き枝を集めていると、クーンも口で枝を運んできてくれた。彼が咥《くわ》えた枝は葉が沢山ついているものだった。

「賢いな、クーン」

「はっは」

葉は枯れていて乾燥していたのでそのまま焚火《たきび》につかえそうだ。

俺たちの様子を見てハクも手伝ってくれた。

「助かるぜ」

マルチェロが片目を閉じ、お礼を述べる。礼を言うなら俺の方だよ、と彼に告げ、みんなに俺からも感謝を伝える。

マルチェロがカチカチと火打石を叩き、枝に火をつけた。すぐにパチパチと乾いた音がし始める。

頃合いを見て適当な枝に服を引っかけ火に近づけた。寄せすぎると燃えるから注意が必要だ。靴もひっくり返して乾かし、ズボンも脱ぎ……下着はさすがにハクの前では我慢した方がいいか。

上着を肌の上から直接羽織って「ふう」と息をつく。

「乾かさないの？」

「え、いや」

ハクが言わんとしていることは分かる。戸惑う俺がおもしろかったのか、マルチェロが腹を抱えて笑っているじゃあないか。

マルチェロとクーンだけなら遠慮なく下着も脱いじゃうのだけど、ハクの前だとさすがにセクハラがすぎるだろ。八歳なら、すっぽんぽんでもまだ許されたりする？

いやいや、許されたとしても大人な心の俺の精神的にセクハラだと思ってしまうって。

「よっし。こんなものかな」

服を着て靴の様子を確かめる。結構な時間がかかってしまった。

太陽が傾き始め、あと一時間もすれば夜のとばりが下りるだろう。それにしても、長い一日だったなあ。

怪鳥に攫われ、マルチェロとフェンリルに助けてもらって、クーンとハクに出会い。

ん、ハク？　ハクは俺たちと焚火を囲んでいる。

「急いでハクの村に戻らないと」

「村？」

コテンと首をかたむける彼女であったが、当たり前のように一緒にいたので抜けていた。

マルチェロも枝を焚火に投げ込もうとしていた手が止まっている。

状況からみて彼女が村から出て採集とか水を汲《く》みにきたとかそんなところであることは明白だ。

「暗くなるとより危険度が増すし、動けなくなっちゃうからさ」

「巣のこと？」

「君の住処まで早く帰らないと、危ないかもだから送るよ」

「クーンに頼んで」

クーンが彼女の村の場所を知っているのかな？

彼の首元をわしゃっとしたら尻尾をフリフリして喜んでくれた。

……じゃなくってだな。

「クーン、巣の場所って知っているの？」

「わおん」

ふんふんと鼻を鳴らし俺の周りをグルグルするクーン。

満足したのかその場で伏せて尻尾をフリフリ、俺へ首を向ける。

可愛いなあとかつての愛犬の姿と彼の姿が重なった。

様子を見ていたハクがそっけなく尋ねてくる。

「乗らないの？」

「乗せてくれるの？」

聞き返してしまった。いくら大きいとはいえ犬の骨格で人を乗せて動くことなんてできるのか？

試しに彼にまたがってみたら軽々と彼が立ち上がる。

「お、おおおお」

「わおん」

クーンが軽快に右へ左へステップを踏む。この調子だと余裕で俺を乗せて走ることができそうだ。

なるほどなあ。俺と同じくらい小柄なハクなら彼に乗ってもいけそうじゃないか。

「ハクはどうやってここまできたの？」

「飛ぶ。ティルは飛ばない？」

「と、飛べないかな……」

「ティルはクーンに乗って」

まさか飛べるなんて。

ハクが両手を握り、胸の前にもってくると背中から白い翼が生えてきた。翼は翼竜や飛竜の翼に近い。

パタパタと翼をはためかせると、こちらにまで風圧が感じられた。ハトとかでも近くで飛ばれると凄い風圧がくるものな。人間サイズの翼となると離れていても風を感じるのはさもありなん。

「クーン、案内してくれ」

「わおん」

伏せのポーズをした彼にまたがり、首に手を添える。ふわふわで乗り心地抜群だ。まさか犬に乗れる日が来るなんて言葉に言い表せないほど感動だ。

「うあ」

クーンが走り始めたかと思うとグングン速度があがっていく。ちょ、ハクがついてきているか確認しながら行きたかったのだけど……。

と思ったら、地上から一メートルくらい宙に浮いたハクが並走しているではないか。

彼女の飛び方は空を飛ぶのではなく、宙に浮いて移動するイメージに近い。

地上から一メートルくらいのところをホバリングするように移動している。

こいつは馬より速いかもしれない。

難点はすでにどこにいるのか全く分からないことかな……えへ。

あれ、何か忘れていたような。

「あ、あああああ。マルチェロー！　も、戻らなきゃ」

「わお？」

し、仕方ない。元の場所に戻ろうにも道がまるで分からない。ここまでクーンにお任せだったのでどうにもこうにも。スマートフォンもＧＰＳもないから離れたらもうそれまでだ。

虹のある渓谷へ向かうと彼に話をしていたから、そこで落ち合えれば……。

「ご、ごめんなさい。マルチェロ」

謝罪の言葉を口にするも、彼に聞こえるわけもなく。覆水盆に返らずとはまさにこのことであった。

◇◇◇

一体どんな景色が待っているのだろうか。ハクの住む村って。

走ること体感で一時間くらいかな？　パッと周囲が開けた。

高台の上に出たようで、谷があり台地になっていて左右には山が見える。

そして何より、山と山を繋ぐように綺麗な虹がかかっていたんだ！

「うおおお」

ここは、フェンリルが教えてくれた虹のかかる渓谷じゃないか。

絶好の場所になるまで見えない、って意図的に作ったかのようだ。大自然の神秘とはまさにこのこと。

美しい。俺が見た自然の景色の中でも一、二位を争うほど。

時間帯も奇跡的だったってのもある。

ちょうど、夕焼け空が広がり、渓谷に沈む夕日と虹のコントラストが奇跡の瞬間を生み出してた。

「ここに住んでいるの？」

翼を畳み、コクコクと頷くハク。

これだけ風光明媚《ふうこうめいび》なところだものな。俺だって住みたい、と思うよ。

「ここからは歩こうか」

クーンから降りると彼はブンブン尻尾を振り、俺の周りを回ってからハクを追う。

俺もダッシュで追いかけるも、急な下り坂で転びそうになり速度を落とす。クーンは四つ足だから安定感が違うのか、あっという間にハクに追いつき軽く飛び跳ねる余裕っぷりである。

俺は俺でのんびりいくかあ。

のどかで良い場所だよな。

食べ物は周辺で狩猟すればなんとかなるけど、街と違って便利な生活道具もなければ……美味しい食事も柔らかなベッドもない。どうやって生活していくかが鍵だ。

村の人から道具を借りることができれば、今の俺ならなんとかやっていけると思う。

お、小川や池まであるのか。水源も豊富で畑をやるにも困らなそうだ。

ん、あっちの小さめの方の池は湯気が出てるような……。

「わおん！」

「すまんすまん、行く行く」

俺がゆっくりすぎたのでクーンが戻ってきて「行こう、行こう」とはしゃぐ。

「廃村……だったのか」

ハクの進んだ先は朽ちて落ちたらしき木材が点在する場所だった。ここからでもバッチリ虹は見える。

木材の集まり具合からして家は全部で二十前後ってところか。まともに使えそうな家は今のところ見つかっていない。辛うじて一部の壁が残っているのがせいぜいってところだ。

お、一軒だけ家を保っているな。他は木の家だったけど、あの家だけ石造りだから形を保てていたらしい。

石造りの家は平屋で屋根もちゃんとある。家族四人で暮らすには狭いが一人で暮らすには広い。それくらいの家だった。

ハクは慣れた様子で石造りの家の扉を開ける。なるほど、唯一残ったこの家が彼女の住処だったんだな。

他の村人がいない中、彼女は一人で暮らしているようだ。何か深い事情があるのかもしれない。

「おじゃまします」

中は簡素ながらもかまどや藁《わら》を積み上げて丸く固めたベッドなどがあり、生活感がある。

「ここで一人で住んでいるの？」

「今は巣が一つ」

念のため聞いてみたが、答えは予想通りだった。

家が完全に崩れ落ち廃材だけになるのにはどれくらいの年月が必要なのか想像がつかないけど、一年や二年じゃあ、ああはならないはず。

それにしても「今は」か。かつて村だった頃から彼女はここに住んでいて、という可能性もある。となれば、彼女は見た目以上に長く生きているのかもしれない。

あくまで人間基準の見た目なので、彼女の種族基準でないことに注意が必要だ。自分も似たようなものだし、さ。

「確かに他の家は崩れて使い物にならなくなってるものな」

「ティルの巣を作る？」

「作りたいのはやまやまだけど……」

「わおん」

クーンが悩む俺を見上げ……てもないな、目線は俺より高いくらいだったもの。

首元をわしゃわしゃして彼女の家へ入る前に見かけたあるものについて思い出す。

彼女の家でくつろぎたいところであるが、先に確認したい。

「招いてくれたところで悪いのだけど、少しだけ外に出たい」

そう言い残し、ハクの家から外へ出る。

彼女の家に招かれる前にちらりと目に入った小さな池のことを覚えているだろうか。

そう、湯気の出ていた池のことだ。

彼女の家から歩くこと五分くらいで目的の湯気の出る池に到着した。家で待っていてもらおうと思っていたのだけど、ハクとクーンも同行している。

もわもわと湯気が出る池の前でしゃがみ込む。

手を伸ばし、指先でおそるおそる池に触れる。

「お」

こいつは腕まで池の水……ではなくお湯の中に突っ込む。

そのままでもちょうど良いお湯加減ではないですか。

「こいつは良い温泉だ」

お湯の流れはどうだ。池の中から湯が沸いていて、細い水路からお湯が流れていっている。

池の中のお湯が一定の水位に達すると自然とお湯が出ていく感じか。特に何か人の手が入っているわけではなさそうだな。

かつて村があった時にはここで温泉を楽しむ村人もいたのかもしれない。

景色良し。周辺の自然は豊かなので食材も恐らく良し。そして、温泉まである。

「ハクから道具を借りればなんとか暮らしていけそうだ」

「わおん」

パタパタと尻尾を振るクーンが池に足をつけ、驚いて引っ込めていた。

水だと思って触れたからビックリしたのかな？　犬……ではないけど、彼にとっても気持ちのよい温度だと思うのだけど。

感じ方は生き物それぞれなので、彼にとっては熱すぎる可能性もある。

「熱かったの？」

手をつけてみたら、心地よい温かさだった。これならそのまんま入ってもいけそうだ。って、クーンがばしゃーんと温泉に飛び込み首を上にあげ気持ちよさそうに目を細めている。

「ティルも入る？」

「今日は川に飛び込んだし、もういいかな……」

いつの間に後ろに立っていたんだろ。ハクは気配の消し方が半端ないな。今の俺がハイ・センスで強化すれば彼女のことにも気が付けるようになれるだろうか。

さすがに腹が減って仕方ないけど、今日のところは我慢だ。明るくなってから食材確保に動くことにしよう。

え？　街から出たことのない箱入り貴族のボンボンである俺が、採集や狩りなんてできるのかって？

問題ない、問題ない。

マルチェロから借りっぱなしになっているダガーがあるからね。うまくやる自信もアテもある。明日のお楽しみってことで。

そんなこんなで、成り行き任せのスローライフが始まったのだった。

生活に慣れてきたら、遠出して俺の住んでいた街がどの辺りにあるのか調べたりもしたいな。

魔術の大家オイゲン伯爵家にとって俺がいないほうがよいのだろうけど、両親や兄を妬ましく思っていたわけでも憎んでいたわけでもない。いい人たちだからこそ、迷惑をかけないためにも伯爵領から離れ、遠いところで暮らしたいと思っていた。

しかし、いざ実行に移すとなると、家名に傷をつけない方法ってのが難しいんだよな。単に出奔しました、じゃよく思われないだろ。

盗賊に攫われた後、怪鳥に連れ去られたとなれば家名に傷がつくこともないだろう。不意に始まったスローライフはちょうどいい機会だった。

第二章　不器用でもなんとかなるもんさ

「ふああ」

「わお？」

スローライフだ、と意気込んでいながら、ハクの家に泊めてもらった。

ま、まあ。家がないわけで野営グッズを一つたりとももっていないから甘えさせてもらったんだ。しばらく泊めてもらうことになりそうなので、彼女にはたっぷりとお礼をしなきゃだな。うん。

彼女の家にあるもので、これが習慣か種族の差だと思ったのは寝床だった。

鳥の巣のようなカゴを天井から吊《つ》り下げ藁を詰めたベッド？で丸くなって寝る。

俺？　俺は極上のふわふわ布団で寝ていたよ。クーンのお腹に頭を乗せてね。

昨日は疲れからか、空腹でも横になったらすぐに寝てしまった。

ここは水源が豊富で、温泉が湧き出る泉とは別に崖の中腹から流れる滝より続く川もある。

川でバシャバシャと顔を洗ってついでに水を飲む。

川があるということは魚もいる。

釣り竿《ざお》もなければ糸、針もないのに魚をどうやって捕まえるのかって？　そいつは簡単なことだよ。そう、付与術があればね。

「クーン、付与術を使うよ」

「わおん」

クーンの魔力のおかげで「本来の」付与術を発動することができる。魚を獲るのだったら、これで十分だろ。

「発動。ハイ・ストレングス」

赤色の光に包み込まれ、筋力が強化される。ぐーぱーしてみるも、特段強くなった感じはしない。この辺り、筋力や敏捷性を強化した際の注意点である。

自分の感覚としては強化されたように感じられないから、力加減が難しいんだ。元の俺の魔力なら最上級のアルティメットでも大した強化はできなかったので、気を払うまでもなかった。しかし、今は違う。

試してみなきゃ、始まらない。

靴を脱ぎズボンを太ももくらいまでまくって川に入る。

お、ちょうどよさそうだな。俺の体格で両手いっぱいに開いたくらいの岩に手を当て思いっきり力を入れる。

ズズズズ。

軽々と俺の体重より遥かに重い岩が持ち上がった。思った以上に岩が大きく元に戻すべきか悩んだが、近くの岩にバチコーンとぶつける。

岩と岩がぶつかった衝撃で魚がぷかぷかと浮いてきた。

浮いた魚を岸へ放り投げ、魚の捕獲完了である。

岩をぶつけるだけで魚が獲れてしまう。なんてお手軽なやり方なのだろうか。これは最も原始的な魚獲りの手法でガチンコ漁と呼ばれているものである。

日本では法律で禁止されている漁獲方法であるのだが、ハクと俺しかいない虹のかかる渓谷では法律なんてもちろん適用されない。

「クーンは魚を食べることができるのかな?」

犬は雑食であるけど、ダイアウルフは果実食とか文献に書いていた。クーシーはどうなんだろう。

その前にどうやって火起こしするかだよな。ハクはまだ寝ているので起こしたくはない。

そんな時は廃屋を漁ってみるに限る。透明なガラスの破片があったが、水を入れて太陽光を集め火をつけるに適した形のものはなかった。

ここはそうだな、強引にいくか。

枯木を力任せにこすりあわせると、ハイ・ストレングスの筋力強化の恩恵であっさりと火がつく。

魚をナイフで捌《さば》き、こちらも廃屋で発見した串に突き刺してじりじりと焼く。

「塩があれば……腹が膨れるだけましか」

「わお」

クンクンとした後にクーンも焼き魚を食べる。彼が魚を食べられるようでよかったよ。

塩は腐るものではないし、廃屋の残骸の中に残っているかもしれないか。

再び廃屋の残骸を漁り、壊れていない食器類や錆《さ》びた刃物などに加え、岩塩も発見した。

塩、魚、水にあとはビタミンをとれる野菜か果物があれば当面は凌げそうだ。

木の実だったら発見しやすいので探索すれば見つかるはず。だけど、食べられるか食べられないのか分からないのが痛いところである。

「ん」

クーンが食べられるもの、との前提であるが、彼にクンクンしてもらえれば判別がつくか。

「クーン、渓谷の外へ散歩に行こうか」

「わおん！」

散歩の言葉に反応したのか、尻尾をブンブン振ったクーンが伏せのポーズを取る。

彼の伏せは俺に乗ってくれ、ってことだ。

「よおし、食材を探すぞお！」

傾斜のきつい坂でもなんのその、クーンのスピードがグングンとあがる。

「お、あの赤いのはどうだろ」

クーンの背の上に立って、見た目キイチゴで大きさがモモくらいの果実をもぎ取った。

彼にクンクンしてもらって……あ、食べちゃったぞ。

「美味しい？」

「わおん！」

美味しいらしい。ボロボロになっていたが袋も廃屋からゲットしているので、そいつに詰め込むとしよう。

あっという間に一抱えほどもある袋はモモサイズのキイチゴでいっぱいになった。

袋いっぱいになったので、ハクの家まで戻ることにする。彼女にもよい土産ができてよかったよ。


魚でよければすぐに獲れるので、お次はこいつを試してみよう。

マルチェロのダガーを鞘《さや》から引き抜く。

自分で言うのは何だが付与術の応用力は無限大なのである。付与とは何か、を一言で表すと強化だ。

身体能力強化は俺だけじゃなく、他の人にもかけることができる。もちろんクーンにだって。

そして、身体能力強化と双璧を成すもう一つの力がエンチャントってやつである。

物は試し、やってみせようじゃないか。

「エンチャント・タフネス、そして、エンチャント・シャープネス」

タフネスは耐久性を、シャープネスは切れ味を強化できる。

エンチャントもまた、中級にハイ・タフネス、上級にアルティメット・タフネスと強化率をアップ可能だ。

エンチャント・タフネスをかけたのは借り物のダガーに傷をつけないため。本命は切れ味の方。

「はっは」

「木の幹かあ。枝の方が……」

クーンが嬉《うれ》しそうに木を見上げ尻尾を振っている。枝の位置は高く、俺の背丈じゃあクーンの上に乗っても届かない。

「うんしょっと」

撫でるように軽くダガーを振るってみる。

ズズズズ。

「え……」

ダガーを撫でたところから木の幹が斜めにズレていく。

ドシイイイイン。

クーンが俺を抱え上げ、素早く退避してくれた。

「い、いやいや、嘘だろ」

ダガーと倒れた木へ交互に目をやり、目を大きく見開く。信じられない、なんだこの威力は。

本来のエンチャント・シャープネスはここまで強化されるものなんだっけ？

取り扱いに注意しなきゃ、切っちゃいけないものまで切ってしまいそうだ。

しかし、身体能力強化、感覚強化、そして武器へのエンチャントがあれば戦い素人の俺でも害獣を退けることができる……多分。

最悪逃げることは可能だろうから、なんとかなりそうだ。

クーンの魔力によって本来の力を取り戻した付与術があれば安全を確保できるだろうと試してみたら、想定以上でビックリだよ。

「ハクはまだ寝ているのかな？」

彼女の家の前まで行って窓から中を覗《のぞ》いてみようとして、すんでのところで思いとどまる。

様子を確かめることが先だって覗きをしようとしてしまった。世が世なら不審者として捕まっているぞ。

彼女が起きてくるまで日曜大工でもしてみるか。うまくいけば、家具くらいなら作れるかも。

道具はダガーのみ。釘《くぎ》もなきゃノコギリもない。

その時、ハクの家の入口扉が開く。

「おはよう、ハク」

「うん」

彼女は先ほどまで眠っていたらしく、ぼーっとした目でコクリと頷く。

ハクがふああと欠伸をしていてペタンと座り込んだ。

「ごめん、起こしちゃったかも」

「ううん、自分で起きた」

「ご飯なら作るよ。昨日は長い間飛んでいたし、疲れが残っているんじゃないかな？」

眠気眼の彼女は扉を開けたまま、自分の寝床へ向かう。

音を立てないようそっと扉を閉め、クーンの首元をわしゃわしゃしてから作業を開始する。

「何を作るにしてもまずは木材からだな」

廃材を使うか、新しく木を切るか。

木を切るより廃材を利用した方が手間がかからないと思うけども……。

元家屋だった廃材は手に取って確認するまでもなく、朽ちてとてもじゃないけど雨風に耐えられそうになかった。

「となれば、木を切るか」

付与術で強化したダガーなら軽く撫でるだけで伐採が完了する。

これだけ簡単に切れるなら、いっそ家作りに挑戦してみるのもいいかも。無謀だよなあ、と思いつつも次々に伐採し、枝を落とす。

二十本くらい伐採して枝落としまでしたけど、体感で三十分もかかっていない。

身体能力も強化しているからな。

だから、丸太もこんな感じだよ。小学校三年、四年くらいの男の子が抱えることも難しい丸太を片手で軽々と持ち上げひょいと投げる姿は凄いを通り越して滑稽に見える。

自分で言うのもってやつだけどね。

とまあ、付与術があれば大工仕事も楽々なんだぜ。

「ほいさ、ほいさ」

次々に丸太を投げ、積み上げていく。

全部投げ切ったところで、クーンが丸太の上に登ってはっはと舌を出す。

「わおん」

「よおおっし、競争だ」

予定変更。急ぐものでもない。クーンの遊んでオーラを感じ取った俺は彼とかけっこをすることにした。

走り始めた途端にハイ・アジリティの効果が切れる。俺の動きがスローモーションのようになってしまう。

素の俺は年齢相応、いや、それ以下の速度でしか走ることができない。すぐに息切れするし……。

付与術の研究優先であまり運動をしてこなかったから、仕方ない、仕方ない。

同年代の中では身長も低い方だし。

「発動。アルティメット」

究極の身体能力強化付与術ならどうだ。

「う……」

アルティメットは身体能力だけじゃなく五感も強化する。草のこすれる音、風の音、遠くで葉が揺れる音、クーンの息遣い、音だけでも情報量が多すぎてクラクラきてしまった。

嗅覚の方もやばい。

「わお？」

心配したクーンが俺の手をぺろぺろと舐める。

「大丈夫だよ」

背伸びして彼の頭を撫でると、ぴこぴこ耳を動かして反応してとても可愛い。思わず抱きしめてしまったほど。

彼を抱きしめて力加減がつかめてきた。今の俺は筋力もとんでもないことになっているから、いくら丈夫な彼でも思いっきり力を込めたら怪我をさせてしまうに違いない。

唐突であるが、小さな子供から成長して大人になるわけだろ。成長に合わせて意識せずとも力加減を身につけている。

俺の場合は大人から子供になった経験もあるので、身体能力の変化に慣れていたのがアルティメットの強化の勘所を早々に掴んだ理由かも。

戦闘中にアルティメット・ストレングスで強化された戦士が十全なパフォーマンスを発揮できるのか分からなくなってきたな。

……深く考えることはやめよう。

随分と考え込んでいたと思っていたけど、クーンの耳ぴこ二回分しか経過していない。

下手に加速すると余計なことを考えすぎてしまうな……。

「こんな感じか」

人間の耳ってものはよくできている。聞きたい音だけが聞こえるようになっているんだ。他の感覚もそう。

意識して拾うようにすれば情報量に潰されることもないぜ。

「お待たせ、クーン」

「わおん」

俺が動き出す前にクーンが駆けだす。は、速ぇえ！

四足だと加速力が段違いだな。あっという間にクーンの姿が米粒ほどになる。

さあ、行くぞ。

「う、うあああ」

勢いよく飛び出したら、文字通り飛んでしまった。十メートル近く先でようやく着地する。

これには走り幅跳びの選手も真っ青だよ。

最初はそーっといかなきゃ、よし、慣れてきた。

「わおん」

「よおし、滝のところまで行こうぜ」

クーンのスピードにも余裕でついていける。ハッスルしたクーンが俺を乗せ、温泉にどぼーんと飛び込んだ。

「あははは」

楽しい。服を着たままだったけど、後で乾かせばいい。誰に見られるわけでもないしさ。

温泉からあがり、服を絞ってその辺の枝にかけておく。クーンはぶるぶるするだけのお手軽さである。

ちょうどここでアルティメットの効果が切れ、途端に体が重くなった。アルティメットのように強化率が高い付与術は切れた時の方が注意しなきゃだな。

しっかし、こいつは癖になる。アルティメットで強化された時の全能感は。

「そろそろご飯の準備をしようか」

崩れた家には竈《かまど》もあって、少しいじるだけで使えそうだった。

今日はこの竈で煮炊きすることにしようか。

場所はハクの家の向かいである。火種は廃材を細かくしてくべることにしよう。

食材が魚と大きなキイチゴしかないのが寂しいけど、そのうち充実してくるさ。

「ハク、ちょうどよかった。一緒に食べよう」

「うん」

「魚かキイチゴしかないのだけど」

「どっちでも」

眠気眼をこすり、ふああと欠伸をした彼女はてくてくと歩き竈の傍で座る。

日は沈み、空には満点の星空が広がっていた。

灯りもなく、パチパチと火の爆ぜる音だけが響く。

ランタンをつけたものの、竈の灯りで十分かな。今日は月明かりもあるし、食べ終わったら松明も作ろう。

焼き立てでじゅわじゅわしている魚を串ごとハクに手渡し、俺もがぶっといく。

「熱っ！」

「ハクは平気」

クーンもはふはふと魚を食べ、あっという間に焼けた分の魚がなくなった。

まだまだあるぜ。

川魚に塩を振っただけでも、みんなで食べると美味しいもんなんだな。屋外で食べてキャンプ気分というのも味をよくしている気がする。


この日もハクの家に泊めてもらうことになった。早めに住処を作らないと、いつまでも彼女の家に厄介になるわけにはいかないよな。

床にごろんと寝転がり、まるまったクーンのお腹を枕にしたことも心地よさマシマシである。

家、家かあ。

丸太を作るのはわけはないけど、丸太だけじゃ家にはならないのは当然のこと。

ダガーだけだと伐採と枝落としをするには問題はないが、細かい作業ができない。

石を切り出すのならどうだ？

ハクの家は石造りだよな。起き上がって、壁に手を当て、再び寝っ転がって床を撫でる。どちらもすべすべでしっかりとした作りだった。

石造りは石造りでどうやったらいいのか見当がつかないな。石造りの場合は石と石を繋ぐ石《せっ》膏《こう》やモルタルのような建材が必要だ。

「ふああ」

考え事をしていたら、急速に眠気が襲ってきてすぐに意識を手放した。

◇◇◇

ふ、ふふ。家作りについて、大きな進歩があったんだよ。

なんと、ハクから大工道具を借りたんだ。

ハクの家の土間に棚があって、そこにノミ、カンナ、キリ、トンカチといった道具が置いてあった。埃《ほこり》をかぶっていたけど、錆は浮いておらず手入れせずとも使えるくらいの上物である。

食事情のグレードアップも急務であるが、ずらりと並んだ大工道具を前にしたらもう気分は家作りに傾くってもんだ。

日曜大工？　生まれてこの方、付与術の研究に殆《ほとん》どの時間を費やした俺はノコギリなんて握ったこともない。

前世？　前世では……組み立て家具を作ったことくらいならあったかな。

そんな俺が家作りなんて大それたことができるのだろうか。なあに、何事も経験、経験ってものよ。は、はは。

昨日積み上げた丸太の前で仁王立ちになる俺の本気を察してくれたのか、クーンはソロで散歩に出かけていった。どこで魔物と遭遇するか分からないから、少し心配だ。

クーンの足なら、大丈夫だと思うけど、心配なものは心配なのだから仕方ないじゃないか。

ぐう、こんなことならすぐにクーンを追いかければよかった。覆水盆に返らずとはこのことである。

「こうなったら、やれる限り、やってやるぞ！」

「丸太に登って遊ぶのか？」

「え？」

「よお」

振り返ると中指と人差し指を立て左右に振る無精ひげ、ぼさぼさ頭の見知った中年男が立っていた。

「マルチェロ！」

「ほんと泡を食ったぜ」

「本当にごめん」

「お前さんが無事でよかったぜ。喋っていたら錯覚するが、まだ小さい坊主だし、剣も握ったことがなさそうだったからな」

どんだけいい奴なんだよ、この人。

俺の不手際で彼をおいていっちゃったのに、彼は俺の身を案じてくれていたんだ。その一心で唯一の手がかりであった虹のかかる渓谷まで様子を見にやってきた。

ちょっとうるっときちゃったよ。

「んで、子供の遊びをしそうにないお前さんが丸太で遊ぼうとしてたのか？」

「いやいや、あ、まあ、遊びといえば遊びかも」

マルチェロに事情を説明する。

ふむふむと顎に手を当て髭《ひげ》を撫でて話を聞いていた彼は、子供ながらにここで暮らそうとする俺を否定するでもなく大工仕事をするなら手伝うぜ、と申し出てくれた。

よおっし、とノコギリを手にした彼に待ったをかける。

「借り物だから刃こぼれしたりしないように付与術をかけたい」

「ん？　あまり変わらないだろ」

「やらないよりはやった方が断然いいって」

「構わんが、魔力切れにならないようにな」

んじゃ、任せる、と俺の背中をポンと叩くマルチェロ。

彼はしっかり俺の付与術を見ていたんだ。クーンと盟約を結ぶ前の俺の付与術をね。

以前の俺の付与術なら、確かに彼の言う通りあまり変わらない。

「エンチャント・タフネス、そして、エンチャント・シャープネス」

ノコギリではなくマルチェロから借りているダガーへエンチャントをかける。

「試してみて、借りっぱなしでごめんね」

「予備のものだから構わんが、物は試しか」

クルクルと器用にダガーを回転させる彼に内心ハラハラする俺だった。ダガーの刃先が指に触れたら、スパッといってしまうから。

ストンと丸太にダガーの刃先を立てるとすううっとダガーが丸太の中に埋まっていく。

「お、おいおい」

彼がダガーを引き抜くように手首を返すと丸太がスパンと切れた。

「なかなかのものだろ」

「驚いた。こいつは『本物の』付与術じゃねえか」

「本物の……って、偽物のなんてあるの？」

「付与術どころか魔法にも詳しくねえが、練習用の付与術みたいなものを使ってたんじゃねえかって思ってたんだ」

お、おお。分かりみが深い。

彼が子供ながらに付与術を使う俺を見て特に驚いた風もなかったのは、練習用の簡易的な付与術だと考えていたからだったのか。

付与術には練習用なんてものはないが、魔力が少ない俺の発動した付与術は本来のものに比べ格段に威力が低い。

知らない人から見たら、別の何かだと思われても不思議ではないよな。うん。

「隠すことでもないか、実はさ」

彼に自分の魔力が少なすぎて付与術が本来の力を発揮していなかったこと、クーンと出会い、彼と魔力を共有することで本来の付与術を発動できるようになったことを伝えた。

「見ず知らずの俺に言っていいのかよ」

「俺はマルチェロほどのお人よしを知らないよ。マルチェロに話すことができないのなら、誰にだって言えないって」

「俺はこう見えてちょいと悪いおじさんなんだぜ」

「あははは」

腹を抱えて笑うと、苦笑し困ったように頭をガシガシとかくマルチェロに笑いが止まらなくなってしまう。

「このままダガーを使わせてもらうぜ」

「ノコギリじゃなくていい？」

「ティルもこれ使うか」

「助かる」

彼から渡されたのはダガーと長さは同じくらいだけど、横幅が半分くらいのものだった。

料理用？　なんだろうと聞いてみたら解体用のナイフなのだって。

解体用のナイフってケーキ用のナイフみたいにギザギザになっているのかと思っていたがそうではないらしい。

解体用のナイフもエンチャントで強化すれば豆腐を切るかのように木が切れる。

一方でマルチェロは少年のようなキラキラした目で木を倒し、枝落としをしていた。それだけじゃなく岩までスパンスパンとして、「おお」と喜んでいる。

俺がチラ見していることに気が付いた彼はコホンとワザとらしく咳《せき》をして、切り出した岩へダガーの先を向けた。

「家には支柱が必要でな、穴を掘って丸太を立てるのもいいんだが、雨で土が流れたらグラつくだろ」

「それで岩を土台にするのか」

「見ればそのまんまなんだが、岩に丸太の形を彫るのは難しいぜ。んだから――」

「それなら難しくはないよ」

ようは岩に丸太をめり込ませればいいんだろ。試しにやってみるなら枝でいいか。

鉛筆くらいの小枝をつまみ、そこら辺に転がっている岩に当たりを付ける。

「エンチャント・ハイ・タフネス、そして、エンチャント・ハイ・シャープネス」

念には念を、で一段階強化率が高いハイシリーズを発動させた。対象は小枝だ。

本当はカッコよくダーツのように投げたかったのだけど、明後日の方向へ飛んでいきそうなので、小枝を岩に当て押し込む。

すううっと枝が岩に沈んでいき、引き抜くと小枝が刺さっていた穴が開いていた。

「お、おいおい」

「これなら岩に丸太を埋め込むことができるかなって」

「付与術ってすげえな、いや、普通、こんな使い方をしねえだろ」

「使えるものは使わないと、ってね」

そう言っておどけて肩を竦《すく》める。対する彼は苦笑しつつも岩の前でしゃがみ込み強化した枝でもう一つの穴を開けていた。

「おお」と声まであげて、少年のような顔で。何このデジャヴ。

「付与術は確かにすげえ。だが、お前さんの発想はもっとすげえな！」

「石は木より硬い、というのが頭にあるから。だけど、俺の手が岩より硬くなったからいけると思って」

「言われてみれば、だな。俺も一度だけ見たことあるんだが、ストレングスを受けた冒険者が素手でブルの角を折ったところを見たことがある。しっかし、いいものを見せてもらったぜ。これなら別の作り方ができそうだ」

ストレングスを付与されて角を折ったのはその冒険者の鍛錬の成果だと思う。

ストレングスは筋力を強化するもので、拳を硬くするものではない。拳を例に出したのが適切じゃなかったけど、意味は伝わったようだから結果オーライである。

木で岩に穴を開けるアイデアのきっかけは昨日クーンと遊んでいたときに着想を得た。着想って大袈裟《おおげさ》なものでもないか。

ほら、アルティメットで自分を強化して走ったりしてただろ。その時に力加減を誤って崖に手をぶつけてしまったんだ。

したら、ガラガラと岩肌が崩れてさ。手は全く痛くないし、パラパラと落ちた小さな石を指先で粉々にすることだってできた。

いつもの俺じゃ石を粉々にすることはおろか岩肌に手をぶつけたら怪我をする。


作業すること一時間くらいだろうか。形は全体として正方形になるように作った。広さとしては十二畳から十五畳くらいかな。

岩を切り出して隙間を作って並べ、横から木の棒を通したもので、高さが三十センチくらい。

これはいわゆる家の基礎ってやつである。

雨が降った時に床が浸水しないように、家が傾かないように、基礎があると家の頑丈さと快適さが格段に増す。

「家って複雑なんだなあ」

「土台があるとないでは全然違うからな」

俺だってざっくりと家がどのような作りになっているのかは知っていた。ただし、日本の家の間取り図とか外観くらいのものだけど。

家には基礎があって、その上に壁やら床やらを作る。基礎と呼ぶには粗末すぎるので、マルチェロの言うように土台と表現した方が適切だよな。

お次は懸案となっていた支柱である。丸太を立てることにしたのだけど、岩に丸太を突き刺す案は没になった。

試しはしてみたんだよ。マルチェロと自分にハイ・ストレングスを付与して大岩にどーんと突き立てたら……大岩が粉々に崩れた。

丸太の直径は大きいから岩が圧力に耐えきれず割れてしまうんだよね。数度やってみたが、結果は全て同じで岩に突き刺す案は諦めた。

そこでマルチェロが土台を利用するアイデアを出してくれたんだ。

「この辺？」

「もうちょい右、よし、そこだ」

マルチェロと二人で丸太を支え、彼の指示に従い丸太を土台の隙間に入れ、そのまま土へズブズブと埋める。

ただ土に埋めるだけじゃなく、土台の石で丸太を支えるようにした。

これなら土がぬかるんでも丸太を支えることができる。コンクリートで固めるのと比べると強度は落ちるが、そのまま土に丸太を埋めるだけよりは格段に安定しているはず。

あとは支柱に合わせて縦に半分に切った丸太を横向きに積み上げ壁にする。

「……ダメだ。蔦《つた》で縛っても固定できないね」

「んだなあ。土台をいじって縦にしてみるか」

俺の言葉にマルチェロも同意する。何事も経験だ。よっし今度はうまくいった。

「入口はどうしよう？」

「うーん、金具もねえし、隙間つくって開けっ放しは雨のとき困るよな」

「板で隙間を埋めれば凌げると思う。板を作りたいのだけど、どうやればいいのかな？」

「任せろ。カンナもあるからな。やり方は丸太を縦に切った時とそう変わらない。見てろ」

ほおほお、うまいものだなあ。漫画で侍が何かを細切りにするシーンを見ているかのようだった。

エンチャントした武器で丸太を切る場合は武器を扱う技術を生かすことができるのかもしれない。大工・武器共に扱うことのできない俺にとっては、どっちにしろってやつなのだけどね。

「窓用の穴もあけたいな」

「窓ならこうすりゃいいんじゃねえか」

お、おお。横にスライドさせる窓が完成した。木の板で開け閉めするので、閉めている状態だと外は見えない。

残すは天井部分。

左右の壁の高さを変えるよう工夫し、板を並べることで屋根とした。板と板の隙間を塞ぐものがないから雨漏りしてきそう。

板を二重にし、少しでも雨漏りが減るように目論《もくろ》むのが精一杯だった。

「完成！　ありがとう、マルチェロ」

「大工もいねえし、建材もねえからなあ。あとは藁とか屋根に乗せればいいんじゃねえか」

完成した家……小屋と表現した方がいいか。小屋を眺め悦に浸る。

二人だったことと、付与術があったことでまさかの一日作業で小屋が完成した。

藁ぶき屋根とか茅葺屋根《かやぶきやね》とか聞くけど、肝心の藁の作り方が分からない。馬小屋とかにある藁だよな、きっと。

「草を乾かせばいいんだっけ」

「俺も詳しくは分からん。試してみるしかねえなあ」

首を横に振るマルチェロはお手上げと両手を開き肩を寄せる。

間違っていること確実だけど、伐採した残りで葉っぱ付きの枝は大量にあるので、そいつを屋根の上に置いておくことにした。

これでも多少は雨漏り対策にはなるだろ。

「さっそく中へ入ってみようかな」

「わおんー」

クーンがすごい勢いで駆けてきて、抱きしめると器用に首を回し彼の背に乗っていた。

よおしよおしと頭を撫でると嬉しそうに千切れんばかりに尻尾を振る。

「無事でよかったよ」

彼だけで行かせてしまったことに後悔していた俺はよかったよかったと彼の背に乗ったまま覆いかぶさるように抱きしめた。

そんな俺にマルチェロがボソリと一言釘を刺す。

「お前さん一人より余程安心だぞ」

「そうなの？」

「ダイアウルフの幼獣ならともかく、そいつはクーシーになったんだろ。小さな嬢ちゃんの言うことが正しければ」

「そうみたいだ。魔力も物凄いよ」

「そうだった。すっかりなじんでいるが、お前さん、街の外に出るのは初めてだったよな」

眉間を指先で揉み、もう一方の手の指先を忙しなく動かしている。

彼なりにどうやって俺に説明したものか考えているのだと思う。

俺はといえばクーンの耳を弾くと激しく耳を動かすので、なでなでしたりと呑気なものだった。

「鵜呑《うの》みにしたらいけねえんだが、冒険者ギルドでエリアごとにランクをつけていてな」

「どこどこ平原は魔物が強くない、とかのランク？」

「察しがいいな。ギルドで平均的な魔物の強さを評価してんだ。んで、それとは別に魔物の強さにもランクがついている」

「鵜呑みにしてはいけないって理由も分かったよ。それで、このエリアのランクとクーシーのランクを教えてくれようとしていたんだな」

そうだ、とマルチェロが親指を立てる。

冒険者ギルドで設定しているエリアはかなり大雑把なものだった。俺が落ちた場所から虹のかかる渓谷までも含めて『ダスタード』というエリアに含まれる。

ダスタードは厳しい山岳地帯とされているが、もちろん全部が全部山の中というわけではなく、山間の地域が多い。

そんなダスタードのエリアとしてのランクはB＋となっているんだって。詳しく聞いても何のことか分からないのでB＋ってのだけ捉えることにした。

対して、クーシーの種族としてのランクはA＋とのことなので、余程の魔物じゃない限り対峙して怪我をすることもない。しかも、クーシーは空を飛ぶ魔物を例外とすれば、相当足の速い方なので、逃げ遅れることもまずないのだと。

「クーンはすごいんだなあ」

「わおわお」

「お前さんもたいがいだけどな」

「ん？」

なんでもない、とマルチェロが苦笑し首を振る。

魔物のランクとかよく分からないけど、クーンのランクが高くて誇らしい。

「ダイアウルフも狼系の魔物としてはなかなかのものだぞ。魔物使い《テイマー》連中からも人気が高い」

「へえええ」

続いて彼は街に行くことがあれば、クーンのことはダイアウルフだと言った方がいいぜ、とアドバイスもしてくれた。

街、街かあ。子供一人、街で生活していくことは考えていないけど、街で「仕入れ」ができたらいいなと思っている。

自然の恵みで食材は問題ないものの、大工道具を始め食器類も一切持っていない。ベッドなどの家具類は自作でなんとかするつもりだが、釘の一本もないのだ。

「マルチェロ、冒険者は魔物の素材や薬草を売ってるのだよね」

「そうだな。ここにゃあ何もねえから。念のため聞くぞ。街で暮らそうとは思ってねえんだよな？」

「うん、子供だし働くことも難しいと思ってる」

「冒険者になるにももうちっと大きくならねえと厳しいな。モノを売るだけならいけるか。あ、お前さんはやっぱ聡《さと》いな、街で暮らすのは難しいか」

そうなんだよ。クーンと盟約を結んで付与術が十全の威力を発揮するようになって、街で部屋を借りて暮らすのもいいかとも考えたんだ。

だけど、魔物の素材を街で売るにしても子供が何でもってんだ、ってのもあるし、子供一人で暮らしているとなると夜も安心して眠ることもできない。

世の中良い人ばかりではないのだ。人が沢山いる街中だと四六時中、人の目を気にしなきゃならないだろ。

俺が大人だったらここまで心配する必要もなく、街で冒険者をやりながら過ごせばいいのだけど、そうもいかないのよね。

モノを売って、その日のうちに街を出る。これなら寝込みを襲われることもなく安全が確保できる。

「何が売れるのか、分からねえだろ。その辺は任せとけ」

「とても助かるよ。売った分は山分けさせて欲しい」

「ははは。俺のためでもある。街に向かう時はよろしくな」

「ありがとう」

今後のことは後ほど考えるとして、まずは目の前のお楽しみからだよ。

さあて、家の中の様子はどんなものか。

先にクーンに入口へ行ってもらい、彼のお尻を押して中に入る。ちょこっと入口が狭かったかもしれない。

「おお。悪くない」

コンコンと壁を叩くマルチェロがニヤリとして太鼓判を押す。

「これならすぐ崩れてくることはなさそうだな」

クーンのこともあるので、天井は高めに作っていた。クーンが多少跳ねても届かないくらいかな。

伏せをするクーンのお腹に頭を乗せて寝っ転がってみた。うん、寝るだけならこれで十分だ。竈は外、風呂も温泉があるので外、絨毯《じゅうたん》があればもう少し快適になるけど、今はこれでよし。

ぐううう。

ほっとしたところで盛大にお腹が悲鳴をあげた。おもしろいことに、俺だけじゃなくマルチェロも。

クーンも同じくお腹が空いているようで「わお」と力なく鳴いた。

「よおっし、魚を獲りにいこう」

「わおん」

家を出たところで、川の方向じゃなく藪《やぶ》の中に向けてクーンが走っていってしまう。

すぐに戻ってきた彼は口にイノシシを咥えているではないか。

◇◇◇

せっかくだからと、マルチェロに野草の見分け方を教えてもらって香草を採集する。

ま、まあ、家の近くに自生していたものだったのだけどね。

他はキイチゴとクーンの飛び込んだ藪の中で見つけたイモにドングリぽい種を本日の食材に加える。

探せばすぐそこにあるものだったんだ、と驚いたよ。

ドングリもイモもそのままずぐには食べられないらしく、マルチェロに教えてもらってあく抜き中だ。

彼は本当に何でも知っている。イノシシをサクサク捌いてくれたし、皮のなめしかたも教えてくれた。なめすためには材料が足りないからすぐには無理そうだったけど、教えてくれたのが嬉しい。

日が傾いてきたところで、起きてきたハクに中央が少し膨らみ穴があいている鉄板を借りてイノシシ肉を焼く。一緒に香草も炒《いた》めて塩を振り完成である。

鉄板の構造上、余計な脂は流れ落ちるから、ギトギトにならず自然といい感じに仕上がった。香草で臭みも消え、悪くない、いやとっても美味しいぞ！

肉だけ魚だけ、より一品加えるだけでこれほど味が変わるんだなあ。

「熱っ！」

「ははは、焦らず喰えよ。って熱ち！」

「ハクは平気」

などなど、焼きたてを狙いすぎて舌が焼けそうになった俺とマルチェロだったが、ハクは昨日に続き熱さに強い。

種族的なものなのかなあ。俺とマルチェロは人間で彼女は竜人に近い種族であれば、熱の感じ方は違って当然だよな。

種族的なものといえば、少し気になっていることがある。

ハクの睡眠時間のことだ。彼女は俺と同じくらいの時間に寝て、夕方になって起きてくる。

ここ二日の話なので、いつもいつもではないはず。

俺と出会った時は昼間だったし。

普段からこれだけ寝ているわけじゃないよな、きっと。もし、ここ二日と同じような睡眠時間が常に必要だったとしたら、一人で暮らしていくには厳しい。

一人で暮らすってことは食糧を自分で確保しなきゃならないから。彼女の家の周囲には畑もないから、採集か狩りをしないと食べていくことはできないものな。

じっとハクを見つめるも、当然ながら何も分からん。俺の視線に対し不思議そうな顔で首をコテンとするハク。

そこへ、おっさんがウザ絡みしてくる。

「おー、おー、お熱いねえ」

そう言う意味じゃなくってだな、なんて突っ込むと益々このおっさんを調子に乗らせてしまうから何も言わないぞ。

「ハクは平気」

説明せずともハクは食べ物が熱いとかの意味で熱いを受け取っている。

ワザと彼をあしらったのか、天然なのか……間違いなく後者だな。

「ハク、風邪を引いたりしていない？」

「風邪？」

「元気がなくなっていたりする？」

「する」

風邪だったのか。魚丸ごとはともかく、豪快な焼肉は重かったよな……きっと。

いや、これもあくまで人間の感覚からだから、彼女にとっては肉こそパワーの源、とかで風邪の時に食べると良いとかかも？

悩んでも答えはでないし、食べられるほどの健康状態ならそのうち回復してくれる、と思う。

高熱で食べることも難しいとなれば深刻だが、明日には少しでも回復してくれていることを祈ることしかできないのが歯痒《はがゆ》い。

この世界にも風邪薬的なものはある。前世の感覚でいえば漢方薬が近いかな。

風邪の症状に応じて数種類の薬草を煎じたものを薬として飲むのが一般的だ。

他にも魔法の霊薬とか、高価で希少な薬もあったりするが、霊薬のような強力な薬は患者の症状を読み間違えると逆効果になったりと難しい。

一方、外傷に対する薬なら現代日本も真っ青なものが多々ある。薬草を貼り付けるものから、一瞬で傷が塞がるポーションまで値段に比例して効果が高まり、最高級のものになると切れた腕も繫がるのだから凄まじい。

「風邪だったのか、何か薬でも作れないかな。マルチェロはどう？」

「んー。採集はしたことがあるが、薬師が煎じなきゃ効果がなあ。傷薬なら誰がやっても変わらねえんだがなあ」

栄養ドリンク的なものなら素人でもなんとかなりそうなのかな。

十全な薬効を発揮させるには繊細な調整が必要になり、専門家である薬師じゃないとってことか。

「ティルとマルチェロの想い受け取った」

俺とマルチェロの会話が途切れたところで、ハクがどう捉えればいいのか分からない言葉を投げかけてきた。

出し抜けすぎて、どう反応したらいいのやら。

「おう、俺も美味かったぜ」

マルチェロがニカッと白い歯を見せ拳を握りしめる。

ポカンとする俺に対し、気まずくならぬようすかさず応答するマルチェロはさすがだ。

彼はハクの言葉をご飯をありがとう、ご飯が美味しかった、という意味合いで取ったようだった。

俺の解釈は元気がなくなっていたけど、ご飯を食べて少し元気になったよ、ってところかなあと。

ともあれ、探索する時には薬草学にあった薬草のスケッチを思い出しながら採集をすることにしよう。


腹いっぱい食べた俺は作ったばかりの小屋で初めての夜を過ごした。

腹いっぱいなことと、一日作業をしていた疲れからクーンのふさふさに頭を埋めたらすぐに意識が遠くなる。

せっかくだからとマルチェロもできたばかりの小屋に招き、雑魚寝してもらった。彼は冒険者だけに手持ちの毛布があり、そいつにくるまって寝ていた……と思う。

第三章　長雨

「そいつはダメだ。こっちは問題ない」

「すげえ、さすマルチェロ」

「なんだその褒め方……」

「若者言葉ってやつだよ」

ますます意味が分からねえと渋い顔をするマルチェロであった。

今俺はマルチェロとクーンと共に渓谷の外にきている。道なんてものはもちろんなくて、木々の密度が詰まっているので視界もよくない。

地面は地面で落ち葉が積み重なり足を取られやすく注意が必要だ。

俺には裏山の森の中って感じなのだけど、規模が全然違う。どこまで行っても道路なんてないからな……。

そうそう、俺の体が小さいこともあってクーンはマルチェロと俺を同時に乗せて走ることもできた。

クーンは楽々といった感じではあったけど、見た目窮屈そうなのとマルチェロが居心地悪そうにしていたのですぐに彼から降りたんだ。

いざという時のために二人同時に乗って動くことができるか試しただけなので、今はこれでよし。

二人を乗せて全速力を出さなきゃいけない時には彼にストレングスの付与術をかけるつもり。そうすれば、俺一人を乗せている時より軽々と動くことができる。

さてさて、マルチェロに教えてもらいながら選別しているのはキノコだ。

キノコ図鑑は家の書庫にあった気がするけど、残念ながら閲覧したことがない。閲覧していたとしても、微妙な違いを見分けるには慣れと勇気が必要だな。

何で勇気？　それはだな、よく似た色と形をしているキノコが沢山あるわけじゃないか。その中から毒と食べられるキノコを迷いなく選んで食べるわけだからさ。間違ったら毒で痛い目に合う。ほら、勇気が必要だと思わないか？

間違えているかも、という懸念は捨てきれない。マルチェロのように熟練した目利きを持つ人ならそうじゃないけどね。

まあ、俺にとって勇気とは別の方向性だなあ。

似すぎている毒と食用は諦めて別のものを探す。諦める勇気の方である。

さきほどからキノコばかりを集めているのだけど、分かりやすい特徴を持った食用キノコもあるからね。

俺にも馴染《なじ》深《ぶか》いマイタケ、シイタケ……に似たキノコといったものは分かりやすい。

ハクから借りた俺の身長の半分くらいの大きさがあるリュックでも、入る量に限界がある。

そろそろキノコはもういいかな……。

「この辺りはキノコが豊富なんだね」

「みてえだなあ」

「お、この葉は。根本を掘ってみな」

「やってみる」

言われるがままに掘ってみたらダイコンのような野菜をゲットした。

ゴボウやイモなら自然の中でもありそうだけど、大根ぽいものまであるなんて驚きだ。

「果物とかもないかな？」

「あるんじゃねえか」

しばらく散策しているとこの前見つけた大きなキイチゴとカキに似た果物を見つけた。

他には狩りもしたぞ。

マルチェロが弓でキジに似た鳥を仕留めてくれた。それも二羽も。

ドングリとか粟《あわ》っぽい粒々も手に入り、自宅へと帰還する。

帰ってからは罠《わな》作りを行う。

鳥を捕まえるのって案外簡単なんだってさ。地面に穴を掘って、廃材の中にあった大鍋の蓋を置き、回転するように設置する。

大鍋の蓋の端に栗っぽい粒々を置いて、あとは待つだけなんだって。鳥が歩いて餌をつつくと下に落ち、下から突き上げても大鍋の蓋が動かないので捕まえることができる。

本当にこんな罠で捕まえられるのかよ、と思ったが、やらないよりはやった方が良いだろとマルチェロの真似をして俺も罠を設置してみた。明日が楽しみだ。

食材が色々集まったので、本日の夕食は豪勢なものになった。

しかし、しかしだな。前世で飽食の世の中で育ち、今世でも貴族のボンボンだった俺にとってはまだまだ満足のいくものではない。

イノシシ、鳥の肉、多種のキノコ、根野菜、葉野菜、そして果物まで。

贅沢《ぜいたく》な悩みだとは分かっている。食材には一切不満はないんだ。なんなら鳥と野菜のうちどれかひとつでも十分である。

調味料。

そう、調味料が足りないんだよ！

生きるのに必須の塩はある。しかし、塩しかない。

どこかにコショウとかトウガラシとか自生していないものなのか。味付けに使えるものなら、ニンニク、タマネギ、パクチーといったものもよいよな。

パクチーぽいものは未だこの世界で出会ったことはないけれど……広い世界のどこかにはありそう。

「お、ハクじゃねえか」

「うん」

一人妄想で盛り上がっていたが、マルチェロの声で戻ってきた。

ハクは今日も起きてくるのが遅く、夕飯時になんとか間に合ったといったところ。

もう三日になるけど、なかなかよくならないんだな。明日は薬草を積極的に探してみよう。

数日分の食材を確保できたことだしさ。

「わおん」

「おかわり、まだまだあるぞ」

食べ終わったところに追加で鳥の丸焼きを置く。鳥は小さいからすぐ食べきっちゃうなあ。

訂正、肉は明日も確保すべし。

翌日、冗談だろと思っていた罠に鳥が二羽も引っかかっていた。こんな単純な罠で鳥が獲れるとは驚きだよ。

「いい感じだろ」

「正直、獲れるとは思ってなかった」

得意気に白い歯を見せ親指を立てるマルチェロに対し、ははは と変な笑い声しか出なかった。

飛べない鳥かと思ったら、そうではなくシギに似た鳥である。

シギは足と嘴《くちばし》が長く目立たない茶色っぽい翼をしている種が多い。中には鮮やかな種もいるのだろうけど、罠にはまったシギに似た種は地味な色をしていた。

足と嘴が長いことから想像するのは水辺の鳥じゃないかな？　罠にかかったシギに似た鳥も水鳥に見える。

虹のかかる渓谷には滝があり、流れる川とついでに温泉の沸く泉まであるんだ。水鳥がいても不思議ではない。

川には魚も沢山いて餌も豊富だから、水鳥も集まる。餌が豊富なのにこんな罠にかかるとは未だに信じられん。

釈然としないままだったけど、鳥が罠にかかったのは事実。

うん、これからもこの罠を利用させてもらうことにしよう。いずれ鳥が罠に引っかからなくなる日が来るかもしれない。捕獲できれば幸運くらいに考えておけばいい。

「マルチェロが来てくれてからあっという間に食糧が豊富になったよ」

「蓄えられるものは溜め込んでおいた方がいいぜ」

「そうだよね。食糧はあればあるほどいい」

「詰め込む袋もなんとかしねえとな」

自給自足、かつソロで生きていくとなると、悪天候や風邪などで採集に出かけられない日が必ずやってくる。

季節によっては自然の恵みが極端に少なくなることだってあるから、食糧備蓄は必須だ。

一方で廃屋……いや廃材の中から都合よく道具が見つかるわけでもないから、袋をはじめとした日用品の方もどうにかしなきゃなあ。

ないない尽くしであるが、それはそれで楽しいものなんだよ？

ＲＰＧゲームをやっていて一番楽しい時期は色々とアイテムや武器・防具を揃《そろ》えている時じゃないかな？

今の俺はちょうどそんな時期にある。不安よりワクワクの方が断然強い。

この日もマルチェロとクーンと一緒に食材集めに精を出す。イモ類やキノコ類など日持ちのするものを中心に集め、備蓄を増やすことにした。

食材を集めながらも忘れちゃいないぞ。薬草のことは。

図鑑の知識を元に探してみたのだけど、頭の中にある絵だけじゃ難しすぎた。手元に図鑑があって見比べながらなら分かるのだろうけど、曖昧な記憶を頼りになんて無茶すぎたよ。

それでもマルチェロが冒険者ギルドで受けた採集クエストで培った経験で、傷に効くアロエのような茎はとれた。使い方は茎を砕いて傷口に塗布するだけなんだって。

ハクの体調を回復するには傷薬じゃ効果は期待できない。まだ肉を食べてもらった方がマシだよな。

「傷薬としては使い辛くない？　俺の知っている傷薬と少し違う」

「んだなあ。俺も街で使うことはまずない。怪我をしてたまたまこいつを見かけたら、使うくらいだな」

「見た目が全然違うから別物で間違いないのだろうけど、一応聞かせて欲しい。街で売っている傷薬の材料じゃないよね？」

「んだな。だが、こいつの方が買い取り価格が高いんだぜ」

ニヤっと意地悪な笑みを浮かべアロエのような茎を袋に詰めるマルチェロ。

この袋は彼の手持ちのものだ。そうそう、袋なら川辺にいきゃ、一応は作れるぜ、と彼から教えてもらった。

頑丈さは保証しない、ないよりはましだ、とも言っていたけど、素手より断然よいよ。食材を家に放り込んだら川辺に行ってみるか。

おっと、袋じゃなくって。アロエのような茎の方が俺の知る傷薬の材料より高いのだっけ。

「アロエのようなこいつは使い勝手から緑の葉っぱが傷薬に使われているんだよね。それでも買い取り価格が高いってことは薬効が高い？」

「いんや。ティルは図鑑を読んだんだよな」

「……分かったぞ！」

「ほおほお」

変なノリになってきた。マルチェロがまるで教官のように腕を組み頷いている。

ふふふ、その期待に応えてやろうじゃないか。図鑑の知識が役に立たなかったから、すっかり抜けていたよ。

「ずばり、ポーションの材料だからだ」

「正解」

よおっし。クイズっぽくなったので当たるとさりげに嬉しい。

ポーションは元になる薬草に魔法をかけて作成する。傷薬より薬効が断然高く、傷口にポーションを振りかけると瞬く間に傷が塞がる物凄さだ。

一口に薬草といっても色んな種類がある。その中でアロエの茎はポーションの材料として向いているってことさ。


なんてことがあり、特に魔物に出会うことも無く小屋に戻った。

そして川辺に行ってみたら、なるほど、と彼の説明を受ける前に気が付いたぞ。

川辺には葦《あし》が群生している。こいつをダガーで切って、乾燥させて、茎を編めば籠や袋にできるって寸法だ。

一日乾かせば使えるようになるかなあ。楽しみだ。

マルチェロの助けがあり、これなら長期的に生活していけそうだと思った矢先、彼が街に戻ることになった。

冒険者ギルドの依頼を受けているみたいで、そろそろ戻らないと、ってさ。


朝になり小屋の前で、彼と握手を交わす。

「ありがとう、助かったよ」

「また来るぜ。ほれ、これ」

ゴソゴソとおもむろに彼が懐から取り出したのは四つに折りたたまれた羊皮紙だった。

ひらいてみると何やら絵が描いてある。これって、地図だよな？

「ん、いいのこれ？」

「おう、次会った時に返してくれればいい」

「今俺たちがいる場所ってどの辺なんだろ」

「この辺だ」

ええと、地図の外なんだが。戸惑う俺に彼は見てろと指を動かす。

彼はもう一方の手で俺から見て右側にある山を指さした。

ほおほお、あの山が地図のこの場所にあたるのね。となれば、街の方向も分かる。

「街にも自力で行けるかも」

「大まかな目印が分かる程度だが、ないよりはマシだろ」

「もちろんだよ！」

「なんかあったら、冒険者ギルドか武器屋『アルカン』を訪ねてこい」

地図の縮尺は分からないけど、俺が徒歩で迷わず街まで辿りつけたとしても一週間じゃ無理そうだ。

しかし、俺にはクーンがいる。馬より速い彼に乗ればそう時間はかからないさ。

「わおん」

クーンも尻尾を振ってマルチェロを見送る。クーンも彼のことを気に入ってくれたのかな？

その時不意に後ろから声がして驚く。

「マルチェロ、また」

「おう、じゃあな！」

なんとハクがマルチェロを見送りにきたんだ。まだ朝も早いというのに、彼女には昨晩マルチェロが旅立つことを伝えていた。

マルチェロに手を振り、彼の姿が見えなくなるまで見送る。

見送った後、ハクはふああと欠伸をして自分の家に戻っていった。

彼女は調子が悪かったのに、彼のために起きてくれたんだよな。

彼女の優しさもそうだが、マルチェロもお人よしがすぎて、ありがたいんだけど少し心配になってくる。変な壺《つぼ》とか買わされたりしてないか心配だよ。

彼は実のところもっと急ぎで街に戻らないといけなかったんじゃないかなと想像している。

俺が自給自足できるようになるまで付き添ってくれて、大丈夫だと判断し帰ることを決めたのだろう。

「ありがとうな、マルチェロ」

今は見えない彼の立ち去っていった方向を向き、一人感謝の言葉を呟《つぶや》く。

「わおん」

「よおっし、水浴びしようか！」

クーンが遊んでー、ときたので川へ飛び込むことにした！

◇◇◇

マルチェロと別れてから二日たった。

葦を編むことに挑戦したのだけど、持ち前の不器用さですっかすかで形もいびつな籠にするのが精一杯という体たらく。

それでも、籠があるのとないのじゃ全然違う。クーンと採集に出かけて籠は山菜とクリっぽいものとかで満載だ。

「ハクー、戻ったよー」

む、今日はまだ寝ているようだった。失礼と分かっていながらも、窓から彼女の様子を見やる。予想通り、彼女は鳥の巣のようなベッドですやすやと眠っていた。

ここ二日はお昼ごろには起きてきていたのだけど、また調子が悪くなっちゃったのかも。

うーん、街に行く計画を発動すべきか。え？　街に行ってもお金がないから何もできないだろうって？

いやいや、そんなことはない。マルチェロが教えてくれたろ。

ポーションの原料になるアロエを集めててね。こいつを売れば多少の路銀になるはず。子供じゃ買取に不安があるけど、彼が紹介してくれた武器屋『アルカン』に行って彼の名前を出せばなんとかなる。

「わおん」

「風呂にでも行こうか」

クーンと自分の服を交互に見てひと風呂浴びることに決めた。採集をすると泥だらけになる。

クーンも綺麗な白銀が薄汚れていた。

よおし、ぴっかぴかにしてあげるからな。

彼と一緒に入る虹を見ながらの温泉は最高なんだぞ。川遊びも捨てがたいけど、やはり温泉には敵わない。

クーンと久しぶりに温泉へ向かう。

すると湯けむりに人影らしきものが映っているではないか。

シルエットから人型かな、と分かるものの人間じゃあない。特に俺専用の岩風呂ってわけでもないし、誰かが入っていても咎《とが》めるのはお門違いってやつだ。

人間じゃないと分かったのは猫か虎のような形をした耳があるからだ。

裸の猫耳少女とかだと事案になってしまう。いや、この歳ならまだごめんね、で済むかも。

しかし、避けることができるトラブルは避けるに限る。

賢い俺は先に声をかけることにしたのだった。無言で近寄ると敵だと認識されることも回避できて一石二鳥だ。

「こんにちはー。ご一緒していいですか？」

「こんなところに吾輩《わがはい》と姫以外が来るとは珍しいでござるな」

声からして男性だな。

と判断した俺は更に近寄ることにした。もう既に服に手をかけ脱ごうとしている勢いで。

「貴君も湯あみでござるか？」

「そこに家を建てて住み始めたんですよ。この岩風呂が気に入って」

ここでようやく相手の姿がハッキリと見える。

こ、こいつはわしゃわしゃしたくなるな……。声の主は猫頭の獣人だった。

猫が直立したような種族で、街でもたまに見かける。

毛色はブラウンと黒で日本の猫を彷彿《ほうふつ》とさせるカラーリングは見ているだけで和む。

「そうでござったか。吾輩は一緒でもかまわないでござるよ」

「では、失礼して」

クーンがバシャバシャと温泉に入り、俺も続く。

猫頭の隣に腰かけ、ふうううと風呂独特の声を出す。

いやあ、やっぱり温泉は良い。虹が見え景色も最高だ。

温泉は不思議な空間だ。初対面でも自然と警戒することもなく世間話ができてしまう。

彼と自己紹介しあったのを皮切りに会話が弾む弾む。

彼の名前はトラゴローとどこか日本を彷彿とさせる名前だった。渋い声であるのだけど、猫頭だから人間の俺から見るとどうしても可愛く見えてしまう。

目を閉じたら渋い男の姿が想像できるのだけど……。

「トラゴローさんはよくここに？」

「よく……ではござらんな。気が向くまま、でござるよ」

「気の向くまま、そんな生活もいいかもしれないなあ」

「吾輩もティル殿の生活に憧れますなあ」

トラゴローはどこかに定住することなく気の向くままの生活を送っているそうだ。

出身地の村と気質が合わず飛び出し、もう十年にもなるんだって。定住せずに移動しながら生活するって魔物がいるこの世界だとなかなか困難だよな。

村や街を点々としているにしても移動している間は危険が伴う。

トラゴローは冒険者のように採集や魔物の素材を売って路銀を稼いでいたのかな？　いや、行商人や旅の薬師という線もあるか。

行商人や薬師は小さな村にとって貴重な存在だもんね。あれこれ想像していたが、彼から答えが飛び出した。

「吾輩、あまり戦いは得意ではなく。しがない薬師でござる故」

「薬師⁉　ハクのことを診てくれないかな！　お金は……ないけど売れるものなら持ってるからそれを」

「そもそも姫に薬を届けに来たのでござるよ。湯あみをする前に姫の家に薬を置いてきたでござる」

「嬉しい、ありがとう！」

姫というのはハクのことで間違いない。ここには俺とハクしかいないのだから。文字通りの姫という意味ではなく、彼なりのハクに対する呼び方なのだと思う。

それはそうと彼は薬師だったのかあ。口ぶりからしてたまにここにやってくるのも温泉好きだからじゃなく、ハクを診るためってことだった。

いや、両方か。

温泉が嫌いだったら温泉に入ることもないさ。

そうかあ、薬師が置いていった薬があるのなら、俺が買うつもりだった薬は必要ないかもしれないな。

そうだ。せっかくだし彼に無理のない範囲で聞いてみるか。

「ハクは何かの病を患っているのかな？」

「吾輩では判別がつきませぬなあ。衰弱していっているのか、吾輩の知る限り不調が続いているでござる」

「トラゴローさんの見解だと気力・体力を回復させるような薬やポーションがオススメなのかな？」

「そうでござるなあ。咳や普段より高い熱が出ているわけでもござらん」

人間以外になると熱などの風邪の諸症状の定義も異なる。

平熱が四十度近い種族もいれば、体温が昼と夜で数度異なる種族だっているんだ。

そんな中でも各種族向けの風邪薬が売っているのだから驚きだろ。

種族ごとの病の症状は案外明らかになっているので、本職であるトラゴローもその辺りは押さえているはず。

うーん、花粉症のように調子が悪い時期と良好な時期がある、とか？

「彼女の種族的なものってこともありえる？」

「吾輩は種族的なものと見ているでござる。姫はあまり語らぬ故、見た目から姫の種族を想像しようにも特定できないのでござるよ」

「俺がいた街でも見かけたことがない種族だったんだ。角からドラゴニュートとかノーブルリザードマンとか、いや、そうじゃなくて鬼族の一種なのかとかさ」

「吾輩の見解では竜族と見ているでござるよ。ある種の竜族はトカゲのような脱皮周期があります故」

彼女の全身が鱗だったらあるのかもしれないけど……大半は人間と同じような薄い皮膚なのだよな。

薄い皮膚となると角質が常に入れ替わっているはずで、脱皮という手段はとらない……と思う。鱗の部分だけ抜け落ちて生え変わる、はあるかも。

いや、待てよ。

「脱皮はたとえで、彼女には体調を左右する長い周期があるかもってこと？」

「然り。長い不調期間に入っているのやと」

「うーん、いくら推測しても答えはでないけど、『何か』があれば回復する可能性もあるよなあ」

「拙者は半々とみているでござる」

トラゴローが長い髭でピコピコさせ続ける。

種族特有の長い不調期間であると見てはいるが、自然に回復するものかそうじゃないのかが半々ということだった。

「何か、かあ」

「わお？」

自然とクーンの方を見ていたからか、彼が首をこちらに向け不思議そうな顔をする。

「何か」で浮かんだのが彼のことだったので、つい視線を彼の方に向けていたんだ。

体調不良とは別の話だけど、クーンは俺との出会いがありダイアウルフからクーシーに進化した。

ハクもクーンのように何かがあるのなら協力できることなら協力したいな。彼女は大切なお隣さんだし、今の生活を始めるきっかけを作ってくれた恩人の一人だ。

自分で言うのもなんだが、俺は心が狭く決して徳の高くない人間である。

前世日本時代もできた人間ではなかったけど、生まれ変わっても魔力のなさから鬱々とした気持ちが立ってしまいいい子じゃあなかった。

「そうだ。トラゴローさん、一つ頼みたいことがあって」

「ここで会ったのも何かの縁でござる。どんなことでござるか？」

「気力・体力を回復させる薬草類ってこの辺りにもあるかな？」

「きっとあるでござるよ。道すがら採集してきた薬法材《やくほうざい》を見せますぞ」

この後、食事をとりながらランタンと松明の灯りの元、トラゴローは快く薬法材なるものを見せてくれた。薬法材という言葉は初めて聞くけど、漢方に置き換えて考えるとしっくりくるかなあ。様々な種類の薬法材を組み合わせることで、処方箋となる薬法ができる。

街では薬といえば草本以外はあまり見ない。薬法は滋養強壮・栄養ドリンク的なものについてもカバーしているので今の俺には助かる。

「街にも薬法って売ってるのかな」

「販売しているでござるよ」

そうだったのか。もう少し薬に興味を持っていればお店を訪れることもできたかもしれない。付与術のお勉強に精を出していたのでいたしかたあるまいて。

お腹が膨れてきたところで、ハクが顔を出す。彼女は手に巾着袋を握っていた。

彼女はトラゴローに向け巾着袋を掲げ礼を述べる。

「トラゴロー、ありがとう。アナタの想い受け取った」

「湯あみのことを教えていただいた故。こちらこそ感謝でござるよ」

彼の渡した薬は滋養強壮の効能があり、日本でいうところの栄養ドリンクに近いものなのだそうだ。

なんのなんの、と返すトラゴローにハクは巾着袋から丸薬を全部出してゴクンと飲み込む。

結構な量だったのだけど、一回分なの？　あれ。

無表情でこちらに顔を向けたハクは俺にも感謝を伝えてきた。

「ティルも、ありがとう」

「ん、俺は何も」

「ティル殿が姫のために手を尽くそうとしていることに対してでは？」

家の中から俺がトラゴローにあれこれ聞いている様子を聞いていたのかな。自分の思いに感謝してくれるなんて、これで燃えないわけがない。

といっても、薬法は一筋縄じゃあいかないんだよねぇ。

トラゴローからサンプルをいくつか頂いたので、サンプルと見比べながら採集活動に精を出すことはできる。

しかし、俺じゃあ薬法材をうまく調合することができないんだよな。結局、街に行って薬を買うしかないというわけさ。

といっても、トラゴローに薬法のことを聞けたからどのような薬を買えばいいのか分かった。

彼の持ってきたような丸薬があるのであれば、量も運ぶことができる。ハク、もう少しだけ待っててくれよな。

◇◇◇

「食材よおし、小屋は……崩れてないし、よおし」

朝のチェック完了である。指さし確認は基本的な動作だよな。

妙な動作をしても見ているのはクーンのみ。この場にハクやマルチェロがいたらちょっと恥ずかしかったかも。

「趣のある所作でござるな」

「あ……ま、まあ。街の露店で仕入れをしている時に見たんだよ」

「動きと共に確認すると間違いも無く、でござるよ。吾輩も取り入れたいでござるな」

「あ、うん」

そうだった。トラゴローが野宿の予定だったので彼を小屋に誘ったのだ。

クーンに加えトラゴローももっふもふなので、もっふもふに囲まれもうもっふもふだったよ。

意味不明だが、意味は分かってもらえると思う。

欠伸をするトラゴローの長い髭が揺れる。彼につられクーンも大きく口を開いた。

「ふああ」

俺まで彼らにつられてしまったよ。

小屋の中にはトイレもなければ風呂もない。キッチンももちろんないのである。

調理済みの食べ物を持ち込めば中で食べることはできるが、調理をすることはできない。

そんなわけで、何度も調理をしている竈は外にあり、雨が降ると火が付かなくなっちゃうんだよね。幸い今のところ雨の日がなくて意識していなかったけど、そこまで考える余裕が出てきたということで……。決して抜けていたわけじゃあないんだ。

「そうだ。思い立ったが吉日だよな」

「何をするのでござるか？」

「雨が降ると竈が使えなくなるからさ」

「屋根を作るのでござるな、吾輩も手伝わせてもらってよいでござるか？」

予想外の提案に俺の動きが止まる。

彼はたまの休暇に温泉に入りに来ていた。なのでてっきりすぐに旅に出ると思っていたんだよね。

俺一人でも付与術を使えば丸太を軽々と持ち上げることはできる。だけど、重さじゃあないんだ、重さじゃ。

発砲スチロールの長い棒を想像してみて欲しい。軽くても扱いきれないだろ。あれと同じと想像してもらえれば分かってもらえるかな？

よおっし、やるぞ。

ハクからはいつでも持っていっていいと了解を取っているので、失礼して彼女の家から大工道具を運び出す。

「マルチェロ、使わせてもらうよ」

彼から餞別《せんべつ》だと借りたままだったダガーを頂いたんだ。

付与術をかけながら、てくてくと近くの木までトラゴローと並んで歩く。俺たちの後ろからのそのそついてくるクーンが可愛くて、振り返ると「わお？」と鳴いてきゅんきゅんしたのは秘密である。

「トラゴローさん、こっちに」

「ティル殿、ダガーで木を削るのでござるか？」

その反応は当然といえば当然なのだけど、木の傍に佇むと危ない。

通常はそうなのだが、付与術をかけていることを説明しても彼はピンときていない様子。

まあまあ、と彼を手招きし俺の後ろに立ってもらった。

では失礼して。ダガーを木に宛てがう。

スパーン。

すううっと何ら抵抗もなく、ダガーが幹をひと振りで切り落とす。

ズズズズズ。

葉が擦れる音と共に木が地面に倒れた。

「……」

あっけにとられたらしいトラゴローが目を見開いている。いや、彼は元々真ん丸の目を開いておったわ。可愛い。

この流れならいける。もっふもふをもふもふさせることが。

自然な動作で彼の額に手を伸ばそうとした時、鼻と髭がピクリと動く。

「な、なんという業物……さぞや名高い匠の作でござるな」

「あ、いや、これは付与術で」

「それだけではござらんな。ティル殿自身の腕もござろう。幼くしてそこまでの腕を……な、なんたる。何流なのでござるか？」

「え、えっと……」

盛大な勘違いが続く彼に俺もたじたじである。

ともあれ、もっふもふをもふもふしようとしたことはバレてない。このまま誤魔化せるか俺？

俺の心の内など関係なく、彼はますますヒートアップしている。

「その構え、剣術を修めたのではないでござるか。吾輩の目は誤魔化されませんぞ」

「これ、ダガーだし……」

「そうでござった！　吾輩としたことが。小太刀使いでござったか」

「ええと……」

こいつはダメだ。俺はこれ以上説明することをやめた。なんかもう聞き流していれば勝手に納得してくれるかなと思って。

そして彼の話に乗るつもりはないが、ようやく「何流」ってのが何のことか分かった。

小太刀でピンときたよ。日本でいうところの新陰流とか示現流とかそんなやつだ。

この世界には侍ぽい服装の人とか、刀などの和風の武器があったりする。街を歩いていても滅多に見かけることはないレアな存在ではあるが……。

武器屋に行っても刀を見かけることはなかったような……鍛冶屋で受注生産しか手に入れる方法がないのかもな。

ぼーっととりとめのないことを考えていたら彼の話も終わりそうだ。

「拙者の得物はこれでござる」

「杖《つえ》……？」

ぐいっと掲げているのは棍《こん》にしては細い。杖というには長い、そんな武器だった。

真っ直ぐでピカピカに磨かれた木製の棒とでも言えばいいのか。

トラゴローが膝を折り腰を落として棒を構える。

あ、分かった。カッコいいやつだこれ。

すすすとトラゴローが棒を握った手を動かすと棒からきらりと光る金属が姿を現す。

「仕込み刀！」

「いかにも」

「試し斬りをしてみるでござるか？」

「いやいや、遠慮しておくよ」

彼から仕込み刀談義を聞きながら、ダガーでスパスパ伐採を続ける。

お次は石の切り出しだ。ダガーでバターのように石を切る光景にトラゴローが腰を抜かしていたのはご愛嬌。

マルチェロと家を作った時の要領で丸太を立てるところまでは、同じ作業だった。

ここからトラゴローの勧めで、雨が降った時にぬかるむことが確実なので石畳の道を作る。屋根も彼の指示に従い、枝と乾かしていた大量の葦を使うことにした。

更に雨避けとしてすだれまで彼が作ってくれて、どこか日本を思い出させるような趣のある道と屋根になったんだ。

思った以上の完成度に「お、おおお」と声にならない声を出すのが精一杯の俺に対し、彼は「拙者の方が驚いたでござる」と白い牙を見せた。

作ることが楽しくなってきた俺たちはまだまだ止まらない。

付与術込みの場合、木材より石材の方が扱いやすかったりする。俺たちが次に狙いをつけたのは温泉だった。

温泉をもっと快適に使うため、段差を作ってゆったりくつろぐことのできるように。周囲を裸足で歩いた時に泥がつき足裏がチクチクするので、石畳を敷いてすべすべかつ、お湯を流せば泥を洗い流せるようにした。

　これで益々温泉が好きになりそうだ。石畳の場所は洗い場にもなる。

ん、クーンが枝を咥えて尻尾をふりふりし何かを訴えかけてきているじゃないか。

「賢すぎるだろ、クーン！」

　杭《くい》を立て服をかけておける場所を作ろうっていうんだな。そのアイデア、さっそく使わせてもらうよ。

「よおっし、完成！」

「さっそく使ってみたいでござる」

「いいねえ。入ろう、入ろう」

「わおん」

　服を脱がなくていいクーンがいの一番にどぼーんと飛び込んだ。

　争うように俺とトラゴローが服を脱ぎ、作ったばかりの段差に足を乗せ、感触を確かめる。

　お互いに顔を見合わせにんまりとした。

「いいねえ」

「よいでござるなあ」

　言い忘れていたが、トラゴローは俺より頭一つくらい高いくらいで人間の大人と比べれば身長が低い。

座って並んだら、もちろん彼の方が高いのだけど、胸の辺りくらいまではお湯に浸かるくらいになっている。

一方俺はといえば、肩にかかるくらいかな。深めのお湯に浸かるのが好きで、俺の高さに合わせたのだけどトラゴローにとっても丁度良かったようでなにより。

「しまった……」

「いい塩梅でござるが？」

「ハクが座ると口元くらいまでこないかな」

「下に何か敷けば問題ござらん」

石の板を敷くとなるとなかなか手強いぞ。

そんなこんなでハッスルしたため、本日もトラゴローが宿泊することになったのだった。

◇◇◇

朝になり、いよいよトラゴローとも別れの時がくる。

「近くまた、でござるよ」

「待ってるよ」

どこにしまっていたのかすげ傘をかぶり、顎紐《あごひも》を締めるトラゴロー。

前世日本でも見ることがなかったぞ。すげ傘なんて。

すげ傘とは頭にかぶる帽子のような傘で、山のような形をしていることから富士傘なんて呼ばれ方をすることもある。

トラゴローの持つすげ傘の材質はおそらく竹を編んだもので雨が降ったら、傘は水を弾き山でいうところの裾野から雨水が落ちていく。

鍔《つば》が広いので目に水が入らず、雨の中でも弓で狙いを付けるに支障がないだろう。

すげ傘を装着した彼は革手袋をはめ、手甲を装着する。竹笛とか取り出したりしないよな。

……これで準備が完了らしい。ある意味ほっとしたよ。

竹笛を吹き鳴らしながら魔物はびこる中を進むなんて自殺行為だぜ。

どこぞの虚無僧《こむそう》のようにピーヒャラやってたら襲ってくださいと言っているようなものだ。魔物を引き寄せて一網打尽にしようとするイケイケ冒険者パーティなら話は別だけど……。そもそも、トラゴローは薬師だし、武闘派ではないだろうから。

背伸びしてポンと彼の肩を叩き激励する。

「道中無事を祈るよ。次はどこへ？」

「鬼族の里へ向かうつもりでござるよ。なあに心配ござらん、吾輩には風神丸があるでござるからな」

トラゴローがトンと仕込み刀の柄を叩き白い牙を見せた。仕込み刀は風神丸という銘がつけられている。

この風神丸。なかなかの一品で大業物にカテゴライズされる魔法の力が込められた刀だと彼から聞いた。込められた力は風の力で、刃からカマイタチを発することができる。

一度、その風の力というやつを見てみようと思っていたのだったが、別のことに夢中になっていたから致し方ない。

両手を振り彼を見送る。クーンもわおんと吠え、彼の後ろ姿を見守っていた。

「あっという間だったたな」

「わおわお」

クーンの顎を撫で、彼の姿が見えなくなるまで見守ってからくるりと踵《きびす》を返す。

「うあ」

振り向いた目と鼻の先にハクがいてビックリした。彼女、全く気配を感じさせずに現れるんだよね。

踵をあげた彼女と俺の目線は同じで、唇と唇がくっつきそうな距離……さすがに子供な見た目の彼女に対してドキッとしたりときめいたりはしないものの近すぎて気まずい。

彼女が無表情なので尚のこと。

俺の頭の中など露知らぬ彼女が出しぬけに思わぬことを口にした。

「離れた方がいい」

「離れる？」

「雨が降る」

「雨が降るから渓谷から退避した方がいいってこと？」

彼女の表情は変わらない。相変わらずいつもの無表情のままで、説明も短く何を言いたいのかイマイチ掴みきれない。

退避した方がいい、となると結構深刻な状況を予想しているってことか。

「小屋だと雨に耐えられなさそうってことかな？」

ふるふると首を振る彼女。

ますます分からなくなってきた。暴風雨ってわけでもないのか……？

万が一のために備えて土嚢《どのう》とかを準備したいところだが、袋が用意できないので対策をしようにもどうにもこうにも。

幸い食糧のストックはあるから激しい雨で外に出ることが難しくなってもなんとかなる。

「雨はどれくらい続くの？」

「十日」

思ったより長いね。

雨が降るまでにもう少し食糧を集めておくことにしよう。

食糧より前に準備しなきゃならないことがあることに気が付いた。まずはそっちからだ。

そいつは何なのかというと、燃やすものである。ＩＨはもちろんガスコンロもないので、お湯を沸かすにしても枝やらの燃料が必要だ。

今日も雲一つない晴天だというのに、ハクが雨というので雨が降ることを疑わないのか？

正直なところ、確実に雨が降ると思っている。何をもって彼女の言葉を信じるのか、と言われると難しい。

彼女は謎ばかりだ。渓谷で一人で住んでいたり、クーンの進化について知っていたり、気配を感じさせず後ろに立っていたり、と只者じゃない事実がいくつもある。

種族も分からないし、彼女の語りもポツポツなのでどうにも掴めないままなんだよね。

そんな彼女が雨だから退避しろと忠告してくるくらいなら、余程やべぇ雨なんじゃないかって。

「うーん、悩ましいな。薪は必須として丸太を積み上げるなりして家の周りにおいとく、とかした方がいいかな……」

「わお」

きょとんとするクーンを見つめ、先ほどの彼女とのやり取りを思い出す。

俺が「小屋だと雨に耐えられなさそうってことかな？」と彼女に聞くと、首を横に振っていたよな。

ハクの言葉からやべぇ雨が降るから対策をした方がいいのかどうしようかと首を捻っていた。

ところがだ。彼女は手作りで決して頑丈とはいえない小屋は問題ないと答えた。

「だったら、そのままでいいか」

なあんだ。案外この小屋、頑丈に作ることができていたのだな。マルチェロがいなかったらどうなっていたか、だよ、ほんと。

それじゃあ、憂いもなくなったことだし、当初の予定通りでいくとしようか。

「よっし、薪を作った後、暗くなるまで野山へ採集に行こうか」

「わおん」

犬はお散歩が大好きだ。クーンにとって野山で駆け回ることはお散歩になる。

クリや山菜、キノコを採集して暗くなってきたので戻ろうとした時に雨がぱらつき始めた。

急ぎクーンに乗って戻り、小屋の中に駆け込むとザーザーと雨音が強くなってくる。


次の日もしとしとと雨が降り続けていた。

強い雨であるが、無風状態に近いため、小屋ががたがたすることもない。心配していた屋根の作りだったのだけど、雨漏りもなかった。

この分だとハクの予想通り小屋が崩れることはなさそうだ。

その後も三日、四日と雨が続く。

小屋から出ると変わらぬ勢いの雨がザーザーと音を立てている。

「わお」

「雨続きだと身体もなまるよなあ」

雨の中では散歩をしちゃいけないって決まりはないぜ。濡れた体を乾かす手段を確保してりゃあ問題ない。

本日も無風なので、トラゴローに手伝ってもらった屋根付きの竈を使うことができる。なので竈で暖を取り服を乾かすことだって問題ないのさ。

そんなわけで外に出たのだが、泥だらけになりながらクーンと遊ぶのが案外楽しい。渓谷からは出ずにちょこっとだけ遊ぶつもりが、駆け回ってしまった。ここにいるのは俺とクーンのみ、服を気にすることだってない。

いそいそと服を脱ごうとするも、濡れていると脱ぎ辛いな。

「わおん」

待ちきれないクーンが先に温泉へどぼんとする。

ちょ、服の差はいかんともしがたい。ようやく脱いだ俺の体にも雨が降り注ぐ。裸で雨を受けるとなんだかすがすがしくなってきたぞ。

調子に乗ると体が冷えて風邪を引く。雨の中走り回っていたから今更であるが……。

雨が続いているけど、岩風呂は大洪水になったりはせずいつも通りの佇まいだ。多少水位が上がったような気がする程度である。

「ふういい」

多少ぬるくなっているが、これはこれでよい。ぬるめのお湯に長く浸かる方が体の芯まで暖まるとか聞いたような気がする。

この温度なら長く浸かっていてものぼせそうにない。

岩に背中を預け崖を眺める。温泉からの景色ってなかなか絶景なのだよな。雨だと虹が見えないのは残念だけど、崖の中腹から出る滝の様子は楽しむことができる。

雨の中でも滝の音ってハッキリ聞こえるんだなあ。

「ん」

「わお？」

クーンに話しかけたつもりではなかったのだが、声に反応して耳をふんふんさせる彼である。可愛い。

「なんか滝が大きくなっているような気がする」

「わおん」

離れた方がいい、と言った無表情のハクの姿が頭に浮かぶ。

雨によって滝の勢いが増す。当然といえば当然だ。勢いが増すだけならよいのだが……。

ハタと立ち上がる。素っ裸で。

服をその場に置いたまま、クーンに乗って滝の下まで移動する。

「記憶が定かじゃないけど、勢いというか幅が広くなっているよな……」

腕を組み仁王立ちで流れ落ちる滝を見上げ、ううむと声を出す。

崖壁はどうだ。水が上から流れているだけじゃなく、水が壁から染み出ている気もする。

最悪のことを想像し、ぞっと血の気が引く。

崖が崩落しないだろうか。

ただの崩落じゃない、渓谷の崖が一気にガラガラと……いやいや、まさか。これまで雨の日だってあっただろう。

崖崩れがあったとしても、ほんの一部さ。俺の住む小屋と崖はそれなりに距離があるから、小屋のところまでは土砂が押し寄せてきたりはしないって。

「…………」

まずい、想像したら嫌な予感しかしねえ。

ガラガラガラ。

上から小石、いや、ソフトボール大の石が崖を転がり落ちてきた。

足元まで転がってきた石を見やり、冷や汗がでてくる。

「そうだ！」

俺の頭にビビビと衝撃が走った。付与術、付与術だよ！

付与術の素晴らしいところは小さなダガーで石をバターのように切ることができるだけではない。最も特筆すべき点は応用力である。

マルチェロと家作りをしている時に木に付与術をかけて岩にめり込ませるとか、まさに付与術の応用力がなせる業。

自分に対して、他の人に対して、武器にも、木にも、付与術をかけることができるのだ。

そう、崖にだってね。

目を閉じ、集中するが股間が寒い……。余計なことを考えず再び集中状態に入る。

「発動。エンチャント・アーマー」

バシイイン。

「わおん」

クーンが鼻先で落ちてきた岩をはたき、崖に激突させた。ゴロゴロと崖が一部崩れ、岩が落ちる。

目を閉じたのがまずかった。

「クーン、ありがとうな」

岩を弾き飛ばした彼の鼻をなでなでする。腫れてはいなさそうでホッとした。

さて、アクシデントに見舞われたものの、しっかり崖に付与術をかけることはできたぞ。

ここで質問だ。崖の頑丈さを強化する付与術はどこからどこまで効果範囲になるのだろうか。

ゲーム的に表現するとしたらエンチャント・アーマーは鎧《よろい》や盾の防御力をアップさせる付与術である。

ゲームなら対象の防御力をあげるだけだけど、これが現実になると扉だろうが崖だろうが何にでもかけることができるのだ。

鎧なら鎧全体、盾なら盾全体。

引っ張りすぎたな。答えは俺にも分からない。だから、これから見て確かめる。

術者本人であれば、見ようと意識するだけでぼんやりとしたオーラを見ることができるのだ。

ぼんやりとしたオーラは付与術の効果範囲にあるかどうかを示す。オーラが消えると付与術の効果時間も終了って具合に。

……。見える範囲は全てエンチャント・アーマーの範囲下にある。

しかし、雨で視界が悪いから三十メートル先でも見えていない。

「ハイ・センス」

ふ、ふふ。五感を強化した結果、効果範囲を確認することができたぞ。

切れ目があるとそこで効果が切れる。崖の終点でも同じくだった。

都合の良い感じで付与術の効果の切れ目がある。何もなければ三百メートル四方がエンチャント・アーマーの効果範囲だと分かった。

付与術の効果時間はおおよそ十二時間だから、一日に二回エンチャント・アーマーをかければ崖を頑丈な状態に保つことができる。

「よおっし、クーン。行こう！」

クーンにまたがり、右手を高く上げた。

重なる部分があっても付与術の効果が消えることはないので、隙間がないように重ねるようにして付与術をかけていくか。

崖沿いに進み、ところどころで付与術をかけていく。

明日も同じように付与術をかけて回ることにしよう。今度は服を着た方がいいかもしれん。

未だ全裸の俺なのであった。

◇◇◇

崖に付与術をかけはじめてから五日目の夜。雨は未だ同じ強さで降り続けている。あと何日くらい続くんだろうか。ハクは確か十日と言っていたけど、最初の頃の小雨は一日にカウントしないのかもしれない？

雨の中でも多少の食材は確保できることも分かったし、ハクにも食糧をお届けする余裕さである。そんなわけだから、予想以上に雨が長引いたとしても問題ないぜ。

食糧だけじゃなく、崩れそうだった崖も付与術の効果で安定しており、小石さえ崩れて落ちてくる様子はなかった。

家も順調で雨漏りなく過ごせている。

「うーん、まだやみそうにないな」

雨音で分かるが、窓から外を確認したくならない？

ぼーっとランタンの灯り越しに窓の外を見ていたら人影らしきものが映る。

「誰だろう」

天気が悪く、こんな夜遅くに訪ねてくるなんて一体どうしたんだろう？　訪ねてくる相手は一人しかいないので影だけで誰だか分かる。

そうお馴染みのハクだ。彼女以外に隣人がいないからね、間違うはずもなく。

「ハク、どうしたの？」

扉を開けるとギギギギと嫌な音がした。金具一つもなかったから、仕方ない、仕方ない。

隣とはいえ傘もささずにやってきたのでサラサラの髪が濡れて雨水が垂れている。扉口から竈までは屋根があるのだけど、ハクの家から我が家までの間には屋根がない。

ほいとタオルを前にやっても彼女の反応がない。

気を遣っているのかもしれないけど、濡れたままにしておくのは俺の精神衛生上よくないぜ。

濡れたまま家の中に入らないで欲しいって気持ちは全くないのだが、濡れたお客さんをそのままってのは。

自分から拭こうとしないので失礼して俺が彼女の髪の毛にタオルを乗せる。

まあ、予想通りというか彼女の腕はダランとなっており、手元は太ももの辺りだ。

嫌がる様子もないので、そのまま彼女の髪の毛をふきふきさせてもらった。

「離れなくていい」

「ん、もうすぐ雨がやみそうってこと？」

「ティルが護った。ハクじゃできない」

「崖にかけたエンチャント・アーマーがうまくいった、んだな」

離れなくていい、とは渓谷が安全になったってこと。

崖が崩れてきたときの対策も考えていたのだが、このまま雨を凌ぐことができそうでなにより。

ん？　崩れたらどうするつもりだったんだって？

そいつは簡単さ。

まずアルティメットをかけます。そして、落ちてくる岩やらを受け止め放り投げます。

……なんて単純なことだけをするつもりじゃあないんだぞ。

どうするつもりだったのかっていうと、秘密だ。使う機会がないためお蔵入りなのである。

一人納得する俺に向けハクが小首をかしげて、じっと俺を見つめていた。

まだ何かあるのかな？

「乾かす？」

「ああ、髪の毛のこと？　濡れてたからさ」

コクコクと頷いた彼女が、服に手をかけ。

っちょ、ま、待って。

「服は帰りでも濡れるから、自宅に戻ってから」

「髪も濡れる」

「そうなのだけど、ほら、人前で裸になるのは」

「ティルはずっと服を着ていなかったから、ハクも同じ」

ハクも同じように服を脱いですっぽんぽんになっても問題ない、と言っているんだよな。

よくないよ、よくないよおお。

人前で服を脱ぐなんてとんでもない。女の子ならなおさらだ。

しっかし、俺が全裸で走り回っていたのをいつ見られたのだ？　温泉に入った後、滝を確認して付与術をかけて戻るまで全裸だったのは確かだ。

……崖に付与術をかけている間はこれが日課だった。つまり、結局、毎日裸だった。次は服を着てとかどこへやらだよほんと。

う、うーん、裸になる時間が長すぎたか。いやだってさ。誰もいないし、傘もカッパもないわけじゃないか。

竈で火を起こして乾かすことはできるけど、外に出るたびに服を乾かしていたら服が全然足りない。タオルだってトラゴローから温泉仲間に、ってことで頂いた一枚と、廃屋の中から発掘したもう一枚しかないんだよね。

「ま、まあ、今は俺がいるから、いないところなら。俺もハクがいないところだっただろ」

「？」

ここはもう押し切るしか。

まあまあ、とハクにタオルを一枚持たせて……だ、だからぁ。その場で体を拭くのはダメだってば。

それはハクが帰宅した時用のタオルだ。外に出たらタオルが濡れてしまうって？

そうだな、うん、そうだよ。焦りからよく分からん発想になっていたようだ。


とアクシデントはあったが、服を脱がせずに無事彼女にはお帰りいただけた。

その晩のうちに雨がやみ、翌朝久々に太陽の眩《まぶ》しさで目が覚める。

「んー。良い天気だ！　クーン、さっそく散歩に行こうぜ」

「わおん」

長い雨も終わり、またいつもの生活が戻ってきた。

ひっさびさに気持ちよく散歩できそうだぞ！

閑話　マルチェロ

「んー、あれはホンモノの貴族だろうなあ」

ティルが住みはじめた虹のかかる渓谷から最も近い街『グラゴス』の門番へ右手をあげて応じつつぼやくマルチェロ。

上質な服……というだけでは商会の坊やな可能性もある。しかし、彼の着ていたベストには家紋が入っていた。王国、共和国と旅をしてきた彼であるが、貴族事情には詳しくなくどこの貴族なのかは分からない。だが、家紋が入っているとなると貴族で確定だ。

迷子の貴族とくれば、普通家に帰りたがるものなのだが……。

ティルは人間の少年に見えたがそうではないのかもしれないなあ、と彼のことを考えつつ、冒険者ギルドの扉をくぐる。


「いよお、マルチェロ」

「おう」

冒険者ギルドで一応の報告を済ませた彼は、そのまま併設する酒場で一杯やっていた。

そこへ、スキンヘッドの大柄な男が向かいに腰掛ける。手にはビールを持って。

男に目を向けるも何も語らずビールを傾ける彼に対し、男の方から声をかける。

「珍しく難しい顔をしてるじゃねえか。イルグレイグにでもあったのか？」

「なんだそら」

「あー、お前さんはまだ知らなかったか。いま、とんでもなく話題になってんだぜ。ギルドマスターとしても是非ともうちで解決してえ依頼だな」

「ほお」

スキンヘッドの男はススっと一枚の羊皮紙を机に置く。なるほど、それがこいつがわざわざ席まで来た理由か。

納得した彼はビールを空にする。

「イルグレイグはついでだが、目撃情報だけでも金が入る」

「へえ、景気がいい話だな」

「もちろんイルグレイグ討伐でも金が出るが、本命はそっちじゃねえ」

「もっとやべえモンスターがいるのか？」

彼の問いかけに男は首を横に振る。特に興味を惹かれないため、そうか、と相槌《あいづち》だけを返すマルチェロであった。

そんな彼に男は興奮した様子で続きを語る。一方でマイペースに追加のビールを頼むマルチェロ。

イルグレイグというのはロック鳥の変異個体で、通常のロック鳥より遥かに強く、これまで何度も冒険者たちを退けている、とか、街にまで出没するだとか話される。

「んで、またしても街中に出没したイルグレイグはあろうことか八歳の貴族の少年を攫ったんだよ」

「……そ、そうか」

心当たりがありすぎるマルチェロは、届いたばかりのビールを吹き出しそうになるのを堪える。

彼の様子を別の意味で捉えた男が表情を暗くし両腕を広げ頭を下げた。

「すまん」

「あー、ローラとアイラのことでも想像したか？」

「ま、まあな。もう三年になるのか」

「んだなあ。アイラが生きてりゃ八歳か。それで、勘違いしたんだな」

そうか、もう三年になるのか。

マルチェロは心の中でそう呟く。

二人の眩しすぎる笑顔を思い出し、自然とマルチェロの頬が緩む。

数年前、飲み屋でウェイトレスをしていたローラに一目ぼれしたマルチェロは、彼女へ猛烈にアプローチした。彼女も彼のことがまんざらではない様子だったが、それ以上仲を深めようとはしない。彼女は優しすぎるからすげない態度を取れないのだと思った彼は、もう彼女へ近寄るのはやめようと決意した。

彼女がいる店とは別の飲み屋へ向かっている途中で、うずくまって泣いている少女に出会う。

ポツポツ通りすがる人は少女を横目で見るも誰も声をかけようとはしない。

可哀そうだとは思っても、所詮は他人事で、後々の面倒を想像したら通り過ぎるが吉とでも考えているのだろうか。

子供は嫌いではないが、どう接していいか分からぬマルチェロは戸惑うも、このまま放置し人攫いにでもあったら事だ、と少女に声をかける。

「どうした？」

「ママがいなくなっちゃったの」

「そうか、ママを探すか」

「うん」

彼女の歳のころは四歳か五歳といったところ。栗色の長い髪でくりくりした目が愛らしい子だった。彼女は彼を怖がることもなく、赤い目をこすりながら彼の大きな手をギュッと握る。

さすがに不用心すぎねえか、と彼は思うも怖がられるよりはマシかと考え直す。

「んー。大通りに出た方がいいかもな」

「うん」

「喉乾いただろ」

「おじちゃん、ありがとう」

大通りに出たところの露店で売っていたリンゴジュースを彼女に手渡す。近くのベンチに座り、リンゴジュースを飲む彼女を見つつ、詰め所に行くか、もう少し探すか、などと考えていたら唐突に声がかかる。

「アイラ！」

「ママー！」

リンゴジュースを持ったまま母親らしき若い女に抱き着く少女。

よかった、よかった。じゃあ、去るかと腰を浮かせたところで、母親が彼の名を呼ぶ。

「マルチェロ、あなたがアイラを連れてきてくれたの？」

「ま、まあ、そうだ」

「ありがとう！」

なんと、母親はローラだったのだ。この後、彼女はマルチェロに対して付かず離れずの対応を取っていた理由を話す。子連れの女だと分かったら嫌われると思っていた、と。

「こんな可愛い娘のことを黙ってようだなんて、酷い話だぜ」

この後、二人は交際するようになり、マルチェロはアイラのことを実の娘のようにかわいがった。ローラに嫉妬されるほどに。

アイラの友達には初対面だと相変わらず怖がられて泣かれたりするも、彼はすっかり子供好きになっていた。時にはアイラと彼女の友達を連れてピクニックに出かけたり、なんてことも。冒険者稼業をしながら、街に戻るのが楽しみでならない日々を過ごしていたマルチェロであったが、そんな幸せな日々は唐突に終わりを告げる。

ある日マルチェロが冒険から戻ると、二人は流行り病で帰らぬ人となっていた。

高いランクのクエストをこなし、悠々と帰還した彼は二人が亡くなった事実を聞き、二人の墓の前で泣き崩れ、十日ほど茫然自失《ぼうぜんじしつ》となる。その日から彼はパーティを抜け、高ランククエストに挑戦することもなくなり、ソロでそれなりにクエストをこなし日々を過ごすようになった。

「もう一杯ビールをくれ」

「思い出させてしまった詫《わ》びに一杯おごるぜ」

「気にしてねえよ。おもしれえ奴に出会ったから、割にご機嫌なんだぜ俺は」

「ほお、どんな奴なんだ？」

乗ってくる男にもったいつけた後、やっぱやめた、と首を振るマルチェロであった。あいつ、初見で俺のことを怖がることもなかったんだよな。

あいつは色々と『訳あり』みてえだが、変な大人たちがちょっかいかけない方がいいだろ。家に帰りたくないなら、それでいい。

しっかり者で抜け目なさそうなあいつだが、どうにも抜けているところがある。あいつを見ていると、危なっかしくて放っておけねえ気持ちになっちまうんだよな。

「おいおい、そらないぜ、マルチェロ」

「そうだな、公言するんじゃあねえぞ。ダスタードには、フェンリルがいる」

「マジかよ！」

「肝を冷やしたが、敵意がなく助かったぜ」

本当はおもしれえ奴は別なのだが、事実は自分しか知らないのをいいことに、マルチェロはフェンリルをだしにしてこの場を誤魔化す。

「Aランクのお前さんでもきつそうなのか？」

「そらまあ、ガチンコするとしたら、逃げるのに集中しても無理だな」

「それほどか」

「ああ、それほどだ」

すっかりフェンリルの虜になってしまった男に対し、やれやれと肩を竦め、ビールを傾けるマルチェロなのであった。

第四章　鬼族との出会い

犬も歩けば棒に当たる。なので、俺だって散歩をすれば、新たな出会いがあった。今度は猫頭ではなかったんだぜ。

かといって人間だとはいっていない。人間に近いが、明らかに人間ではないのだ。

……柄にない語りだった。正直反省している。

気を取り直してっと。

渓谷の外は深い森になっており、かなり距離はあるがフェンリルが住む大樹の森まではずっと森が続く。

詳しいじゃないかって？　クーンに乗れば多少の距離でもすぐだったから、フェンリルとマルチエロに出会った辺りまで遠征したこともあったんだよね。

フェンリルの住む森の辺りは樹齢千年は超えてそうな巨木が軒を連ねる神秘的な森だった。

怪鳥から落ちた場所がちょうど巨木エリアの端っこ辺りでフェンリルに連れられ反対方向に歩いたから巨木を拝むこともなく虹のかかる渓谷を目指したというわけさ。

前置きが長くなったが、森でマイタケに似たキノコを採集していたら人の気配を感じ取ったんだ。先に気が付いたのはクーンだったが、俺も相手に気が付かれる前に察知したぞ。

低級付与術はかけていたけどね。

散歩する時には最も強化率の低い身体能力強化をかけている。知覚は強化率の高いものにしておいた方が安全性が増すのだろうけど、なるべく普段の自分に近い方が感覚を鍛えることができると思ってね。

木の陰に隠れ、こっそりと気配の主を見たら、人間じゃあなかった。

頭から角が生え人間に比べ八重歯が長く、牙のようになっている。

藍色の半纏《はんてん》に茜色《あかねいろ》の帯と上半身は和風の装いで、下は藍色のズボンにブーツ姿だった。

真っ赤な短髪で俺と同じくらいの背丈の少年……だと思う。

少なくとも人間だとしたら少年に見えると表現した方がいいか。人間以外の種族となるとどうにも年齢が分からないのだよな。

「わおん」

「うわあ！」

あ、人懐っこいクーンが角の生えた少年（仮）に向け元気よく吠えちゃった。

不意に「わおん」を聞いた彼の肩があがり、驚きの声をあげる。

彼に気付かれぬまま立ち去るか、もうしばらく観察するか迷っていたのだがこうなっては仕方ない。

「こ、こんにちは」

「ビ、ビックリした。でっかい犬だね！」

「クーンというんだ」

「銀色でふわふわしていて、カッコいい！」

おお、そうかそうか。撫でてよいぞ。

クーンが褒められると俺も嬉しい。そんなキラッキラな目でクーンを見つめるなんて照れるなあ。同じくらいの見た目年齢なのに誰かさんとはえらい違いだ。

誰かさんは見た目が子供、中身が大人な事情だから仕方ないよ、うん。

クーンに乗ったまま彼に近寄り、「触れてもいいよ」と少年に伝えたら、さっそく背伸びして頭を彼の首元に押し付けている。

「ふわふわだ。あ、僕はシュシ。鬼族だよ。きみは？」

「俺はティル。相棒はクーン。ってさっきクーンの名前は言ったような」

クーンから頭を離した鬼族の少年シュシは鼻がムズムズしたのかくしゅんとくしゃみをした。

クーンの毛が鼻に入ったのかもしれない。

鬼族なら人間と見た目年齢が変わらないはずなので、彼の年の頃は俺と同じ十歳前後ってところか。

少年が一人、人里離れたところで一体何をしていたのだろう？　俺のように採集に来ていたとしても、近くに村落はなかったような。

俺が知らないだけで村落があるかもしれないけど……。そういや、猫頭のトラゴローが鬼族の里に行く、とか言っていたから、案外ここから鬼族の里は近いのかもしれない。

「ティルくんも見にきたの？」

「ちょうどキノコを採っていたところだよ」

見にきた？　よく分からないけど、俺は採集にきた。

籠に入れたマイタケに似たキノコを鬼族の少年シュシに見せる。

「マイタケが採れたの!?　すごい」

「この辺りだと結構採れるよ」

「そうなんだ。美味しくて空に舞い上がるほどだからマイタケって名前がついたんだって」

「よかったら持っていきなよ」

ほいっと籠ごと彼にマイタケを渡す。……というか日本と同じ名称なんだな。

まさか俺がぽんと気前よくマイタケを渡すなんて思ってなかったのだろう、手の平に籠を乗せたまま固まっている。

おーい、彼の顔の前で手を左右に振ってみたが反応がない。

ここはそうだな、話題を変えるべし。

「シュシ、見にきたって何を見にきたの？」

「ん。あ、ありがとう。本当にもらっちゃっていいの？」

「この茂みの裏っかわに生えてるからこの後採ればいいだけだよ」

「ありがとう！　え、えっと、何だっけ？」

シュシの目は籠の中に釘付けである。

どれだけマイタケが好きなんだよって話だが、気持ちは分からなくはない。

俺だって大好きなカップラーメンを出されたら同じように上の空になる自信がある。

ああ、カップラーメンが食べたくなってきた。今はもう叶《かな》わぬ夢。カップラーメンよ、君は儚《はかな》き夢。

ティル、心の中のポエム……しょぼすぎて自己嫌悪に陥りそうだ。

一人沈んでいたら、シュシから声がかかる。

「僕にはよく分からないんだけど、聖域の様子を見に行くとかで」

「俺にもよく分からないな……聖域ってなんだろ」

「父上に聞いてみてよ」

「一緒にきているの？」

そうだよ、と彼は頷く。

そうかそうか、ホッとしたよ。少年一人で散歩していたわけじゃなかったんだな。自分のことを棚にあげつつ、上から目線で彼の心配をする俺であった。

人里を離れるとモンスターに遭遇する確率もあがる。森のように食糧が豊富な場所なら尚更だ。

その時、クーンの耳がピクリとする。

「シュシ、離れるなと言っただろう」

「父上」

声がするまで全く気が付かなかったぞ。いや、声とともに影が現れ、影に色がつき鬼族の姿となった。

高度な隠匿術を持ったこの人がシュシの父親らしい。

シュシと同じ赤色の髪を短く刈り揃え、鋭い糸のような目で眉がない。額からは息子と同じ角が生えていた。

服装は市松模様の半纏に黒いズボン、腰には小刀を佩《は》いている。スラリとした細見で、身軽そうな印象を受けた。

俺を見るなり彼は深々と頭を下げ、お礼を述べる。

「巫《かんなぎ》様、シュシを見ていてくださりありがとうございました」

「たまたまシュシと出会っただけで俺は何も」

「シュシのために、巫様自ら出向いてくださるとは。恐れ多く……」

出向く？　ってどういうことなのだろう？　お出迎えってことなのかな？

そもそも俺はシュシたちのことを察知して出てきたわけじゃなく、採集にきていただけだからさ。右手を左右に振り、苦笑しつつ彼に応じる。

「たまたま、本当にたまたまだから」

それと、巫ってなんだろ。あ、分かった。巫女みたいなものか。

神の声を聞く人だっけ？　僧侶《クレリック》ならともかく俺は付与術師だぞ。

神聖さのかけらもない。もしこの世界に善悪を示すカルマみたいなものがあったとしたら、きっとマイナスカルマな俺だぞ。

善行を積むなんてことを欠片もしてないからね。

「申し遅れました。某《それがし》は鬼族のカニシャ。『ヒジュラ』より参りました」

「俺はティルです。こっちはクーン」

「わおん」

クーンも挨拶に加わる。かわいいやつめ。

糸目の父親の名前がカニシャでヒジュラというのは街か村の名前かな。ひょっとしたら国の名前かもしれない。

忙しいことに糸目がカッと見開き、鋭すぎる眼光に俺の背筋がビクッと伸びる。

い、一体いきなりどうしたってんだ。

まさかの敵襲？　いや、クーンの様子から察するに違うはず。カニシャの察知能力がクーン以上なら話は異なるが……。

今の俺は低級とはいえ付与術で感覚を強化しているのだけど、それでもまだカニシャの方が上という可能性も。

気配を消す能力に長ける人はえてして察知能力も高いからさ。

しかし、次の彼の一言で杞憂《きゆう》だったと分かった。

「霊獣によほど信頼されているのですね。巫様の霊格の高さが伺えます」

「あ、あの。巫ではなく、ティルでいいのだけど……」

「いえ、巫様は巫様ですので……失礼にあたります」

「いやいや、逆ですってば」

行き違いが激しい。どうすりゃいいんだこれ。

巫の意味を聞かなきゃどうにも。誤解を解くにもまずは認識合わせからだよな。

今度は俺から口火を切る。

「巫とは一体？」

「霊獣と対等な関係にある御使いのことです。貴殿のような」

「魔獣使い《ティマー》？　かな」

「ヒジュラの外ではどう呼称しているやら分かりません。ですが、ヒジュラで巫は特別な意味を持ちます」

魔獣使いの社会的地位が高いとか、尊敬される、とかだろうか。

残念ながら俺は魔獣使いではない。クーンと信頼関係にあるのは間違いないことだけどね。

考えを整理しているところだったが、カニシャの説明はまだ終わっていなかった。

「魔獣使いとは異なります。霊獣に認められた者です」

「認められた、が肝なんですね。霊獣も魔獣とは異なるのですね」

「霊獣はいくつかあります。魔獣と異なり、気高い心を持っています」

「クーンもそうだと」

クーンが褒められ俺も嬉しい。俺は何も大したことはしていないので、巫様、とかで来られるのはむず痒いんだよな。

どうしたものか。彼らとは一期一会だし強く否定するのも大人気がない。

よってこれ以上突っ込むのはやめよう。

「教えてくださり、ありがとうございます」

「巫様は霊性の森で隠遁生活《いんとんせいかつ》を？」

「霊性の森……あ、フェンリルの住む森のことですか」

「フェンリルのアカイア様とも交流があるのですね！」

あのフェンリル、アカイアって名前だったのか。クーンは名無しだったのに、フェンリルともなれば自分で名前をつけるのかな？

「名前を知っているということは、フェンリルは会話できるのですか？」

「いえ、ハク様から伺ったのです」

だよなあ。フェンリルが何か伝えようとしてくれていたけど「わうん」としか聞こえなかったもの。ハクならフェンリルと意思疎通することができるのか。ハクって一体何者？

なんて会話を交わした後、彼らと別れる。

この後すぐに再会することになろうとはこの時の俺は思いもしなかった。

◇◇◇

「鹿まで獲れるとは大量だったなー」

「わおん」

意気揚々と採集から戻り、ハクの様子をチラリと見てから小屋に入る。

俺もすっかりこの生活に慣れてきた。鹿だって解体しちゃうんだぜ。

といっても解体する技術があるわけじゃない。力任せにスパンスパンと解体している。

そう、付与術の力を使ってね。

ダガーを付与術で強化すると石だって豆腐を切るかのようにすううっと切れる。

石でも余裕なので、鹿を切ることなんて朝飯前ってやつさ。力の入れ方とか筋や骨に沿って

うんぬんなんて技術は一切必要ない。だから俺でもできちゃうって寸法だ。

とはいえ、ちゃんと血抜きもしているし、角も皮もキッチリ分けている。肉はそのまま焼くより熟成させた方が美味しくいただけるのだけど、腐ることを懸念しすぐに燻《いぶ》す。

燻すといっても香りのよいチップを使ってはいないんだよね。街で仕入れることができればよい燻製用《くんせいよう》のチップを入手できるが、ない物ねだりは厳禁である。

そこら辺の枝を細かく砕いて燻製をするだけでも十分事足りるのさ。

「わおわお」

「そうだな。そろそろご飯を作ろうか」

ご飯と聞いたクーンが千切れんばかりに尻尾を振る。

クーシーは霊獣の一種で鬼族から尊敬を集めていると聞いたが、こうしてみているとでっかい犬そのもの。

彼が位の高い霊獣だろうと、野良犬だろうと俺にとっては変わらない。彼がどのような存在であろうが、親友であり相棒なのである。

クーンには肉とマルチェロから採集時に教えてもらった洋ナシに似た果実を与え、俺はキノコと山菜、肉のスープに塩を振った炒め物にした。

そろそろハクも起きてくる頃だから彼女の分も含め多めに作ろう。

竈に火をつけ、さて肉を焼き始めたところで少年の大きな声が耳に届く。

「あ、巫様だ！」

「シュシじゃないか」

まさか再び会うとは思ってても見なかった。鬼族の少年シュシが笑顔で手を振りながらこちらに歩いてきている。

待ちきれなくなったのか彼が走り寄ってきた。彼の後ろには父親である糸目のカニシャの姿もある。

「巫様は聖域に住んでいるの？」

「シュシまで巫様呼びって。ティルでいいって」

父親から言われたのだろう。少年にまで巫様と呼ばれるのはむず痒すぎる。

もう会うことはないと思って、先ほどはカニシャにも言わなかったのだけど我慢できずについ口にした。

すると、素直な少年は言い直してくれたんだ。

「分かったよ。ティルくん」

「シュシ、巫様は気さくなお方だが、ティル様……せめてティルさ」

「ああ、いいんだ。ティルくんで」

親子の会話に割って入る。ああ、今度は囁き合って喋り始めちゃった。

「シュシ、巫様はハク様と同じ」

「僕と同じ子供なんじゃないの？　ティルくんはグラスランナーには見えないし」

「確かに人間は鬼族と見た目の歳は同じくらいだ。だが、あの立ち振る舞い、幼子のものではない」

「う、うーん、僕には分からないや」

あーあー、聞こえてる。聞こえているんだからね。

父と子、どちらの発言も正しい。俺の実年齢は見た目通りの子供である。

中身は前世の記憶を持っているので子供ではない。

ハクは見た目通りの年齢ではない、というのは、鬼族や人間から見たら子供のように見えるが長年生きているってことだろう。

シュシが例としてあげたグラスランナー族も見た目だけじゃ実年齢を判断できない種族だったので、俺のハクに対する解釈はあっているはずだ。

グラスランナー族は十歳くらいで体の成長が止まり、二十歳を過ぎても見た目が変わらず男性でも髭も生えない。顔つきも十歳時のままなので、見た目から年齢の判別ができない代表的な種族の一つである。

なんかこう大魔術師みたいな人間が幼い姿を保っている、みたいに勘違いされているような気もするが、気にしないことにしよう。触れないが吉である。

「うわあ。いい香り」

子供らしく彼の興味が次々に移る。

ちょうど肉を焼いていたところだったから、香ばしい匂いが漂ってきていた。匂いをかいだから俺の腹も悲鳴をあげている。

当然といえば当然の反応だよな、うん。


まだ俺を不思議そうに見ていたカニシャはハッとしたかのように周囲をキョロキョロと見渡し、目を見開く。

「巫様があまりに自然に佇んでおられたので違和感の察知が遅れ……これは一体……？」

「ここは常に虹が見えるし、何より温泉があるから気に入って住んでいたんですよ」

「そうではなく……その」

どうも彼の歯切れが悪い。森で会った時はよどみなく俺に説明をしてくれた。

彼の戸惑いがどこから来ているのか判断がつかないんだよな。俺がここで暮らしていたことに対して？　だったら、言い辛そうにすることもないよね？

間が悪いのか、良いのか、ハクが家から出てきた。

彼女を見たカニシャは平伏し、父の動きを見たシュシも彼の真似をする。

「ハク様！　ご無事で……何よりです！」

「ハクは元気。ティルもいる」

「巫様のお力で聖域も？」

「そう。ハクはティルに『逃げて』と言った」

ハクとカニシャのやり取りで察したぞ。

俺がいつものように竈で料理を作っていたことがそもそも彼からするとおかしなことだったんだ。

ハクは俺に逃げて、と言った。今なら彼女の意図が分かる。

ハクは長雨から渓谷で土砂崩れが起き、俺の小屋も含めて大惨事になることを予見……確信の方が適切か、確信していたに違いない。事実、何もしなければ崖崩れが起きる、いや起きていた。崩れ落ちさせるものかとエンチャント・アーマーで強化したので、崖は雨にも負けず元の状態を維持できたのだ。

「やはり、星読み様が『見た』通りのことが起こったのですね」

「うん」

考えている間にもハクとカニシャの会話が続く。

会話から察するに鬼族の里（仮）ヒジュラとハクは過去に交流があったのだと思う。ハクが確信したのと同じように鬼族にも災害を予見できる「星読み」という人がいるようだ。

ん、あ、繋がったぞ。元々、鬼族は虹のある渓谷に住んでいたんじゃなかろうか。

それで、いずれ渓谷に大災害が起こるので移住した。ハクはこの地から離れられない何らかの理由がありこの場に残る。

いよいよ、渓谷が崩れる時を過ぎ、カニシャが様子を確かめにきたところ、渓谷がそのままの姿で俺がのんびり肉を焼いていた。

どうだ、この予想は。

「カニシャさん、ハク」

自分の推測を二人に伝えてみたところ、概ね正解だった。

ハクと鬼族は旧知の仲で、彼女が渓谷が崩れることを彼らに伝え、渓谷に住んでいた鬼族はヒジュラに移住した。

彼らが移住した時点ではいつ渓谷が崩れるのか、具体的な日付は分かっていなかった。

ヒジュラの星読み師なる人が長雨で渓谷が崩れる日を予見したので、カニシャが様子を見にきたのだと。ハクはハクで近い未来になったので、長雨で崩れる日がいつか見えたのだって。

「完全に理解した」

我、意を得たりとしたり顔で親指を立てる。

完全に理解した（分かっていない）って落ちではないから安心してくれ。

「巫様のお力、御見それしました」

「ティルくんが災禍を止めたんだね！」

「あ、うん……」

確かに長雨で崖崩れが起きそうだったところを崖に付与術をかけたのは俺だ。

しかし、尊敬のまなざしを向けられるとむず痒い。気恥ずかしいというより後ろめたい気持ちが勝つんだよな。

ハクのことは頭にあったけど壁に付与術をかけた時だって自分のことしか考えてなかったから。

「俺よりクーンの働きが大きかったんだよ」

視線に耐え切れず、クーンの背中をぽんと叩く。

ふふ、カニシャ親子の目線がクーンに向いたぞ。特にシュシはきらっきらで目に星マークが浮かんでるんじゃないかって思うほど。

一方でハクはクーンの首元に手を置き、彼を撫でぼそっと声を出す。

「クーンの力も、ある」

「そうだよ。クーンの魔力があってのことだったんだよ」

「ティル、アナタの想いがあって」

「付与術をかけたのは俺だけど……」

なんかまたこっちに視線が戻りそうなので、別のことをしてこの場を誤魔化すことにした。

そもそも俺は何をしようとしていたのかを思い出して欲しい。

そうなんだ、腹が減って仕方ないのだよ。肉を焼き始めたところでシュシがやってきたから、料理も途中だったのだよね。

「食事にしないか？　ほら、食事も想いだろ」

「うん、ティルの想い受け取った」

ハクはよく「想い」という言葉を口にする。受け取ったものが何であれ、彼女は渡した人の気持ちを大事にしているってことの証左だと思う。

口数が少ない彼女だけど、相手の気持ちを慮ることだけは忘れない。

「シュシも手伝ってくれないか？」

「うん！　何をすればいいかな」

「そんじゃあ、そこのマイタケを適度な大きさに」

「マイタケ！　やったあ」

シュシをこちら側につければカニシャも断るまいて。なんたる策士。

こうしてこの場にいる全員で食卓を囲むことになった。

「ハク様、巫様、我らも聖域に戻ってもよいでしょうか？」

「俺はそもそも、後から勝手に住み着いたわけだし。ハクはどうだ？」

マイタケをつつきながら、カニシャが尋ねてくるも俺にはなんとも。

ハクに話を振ると彼女がコクコクと頷き、問題ないと返す。

災害もやり過ごしたし、彼らが戻らぬ理由もないってわけだな。

「そういやハク。今回のような雨はめったにないことなの？」

俺の問に対し首を横に振るハク。

定期的に長雨がくるのね。崖崩れが起こるかどうかは別の話だろうけど……。

「今回のように崖崩れが起きる時は分かるのかな？」

今度は首を縦に振るハクである。

分かるのだったら安心だ。

「巫様のお力があればどのような災禍とて」

「いやいや、みんなで力を合わせて」

「できうる限り、我らも」

「僕も！」

よおし、と拳を上にあげるとシュシものってきた。

そのまま二人でハイタッチをして笑い合う。

俺一人じゃないのなら、崖崩れ対策になんらかの工事をするってこともできそうじゃないか？　彼らが移住してきたら相談してみようかな。

◇◇◇

「ハク様、巫様、これにて」

「ハク様、ティルくん、クーン、また会いに来るね！」

一晩明けてカニシャ親子を見送り、いつもの日常が戻る。

彼は「聖域に戻る」と言っていたが、鬼の里ヒジュラから全員が引っ越してくるわけではない。

希望する人だけが移住する。

渓谷は俺とハクにクーンしか住んでいないから土地はたんまりとあるぜ。移住者がきたら賑《にぎ》やかになるだろうなあ。

自給自足するんだ、とか意気込んでいただろって？　いやまあ、スローライフ的な生活はしていくつもりだけど、別に村人がいても困らないだろう。

むしろ大歓迎である。彼らの中には職人もいれば農業に勤しむ人だっているかもしれない。

俺が知らないことを知っていて、できないことができる、なんて素敵なことなのだろうか。


顔を洗って……と朝のルーティンをしているとクーンが川に飛び込みバシャバシャやり始めたのでつい俺も全裸になって川遊びをしてしまった。

ついでに魚や小さなカニもゲットだぜ。獲り方は岩を放り投げるいつものやつで。

「そうだ」

移住者が来るとなれば、丸太があった方が喜ばれるかな？　先住者である俺からのプレゼントさ。

すっかり自分の家を作ることも忘れ、付与術の力に頼ってわずか三十分ほどで百近くの伐採をした。伐採した後はだな……。

「発動。ハイ・ストレングス」

ダガーの次は自分を強化し、丸太をポンポン投げて積み重ねる。よおっしこれで完璧。

「ふう」

「わう」

積み上げた丸太の上で座り、息をつく。積み始めると興が乗り、ぐらつかずにどんだけ積み上げられるかに挑戦し始めたんだよね。

俺の小屋どころかハクの家の屋根よりも高くなったぞ。もうちょっと高くしても行けそうな気がする。

ならば、もっと丸太を増やさねばならぬな。ふ、ふふふ。

「面白い顔してんな」

「え？　マルチェロ！」

悦に浸っていて気が付かなかったぞ。丸太タワーの下で右手を上にあげるは見知った中年冒険者だった。

クーンが首をあげ、ふわりと飛び降りるようにして彼の元へ向かう。

「よお」

「わおん」

よおしよおし、とマルチェロがクーンの首元をわしゃわしゃした。俺と同じでクーンもまた彼と再会できて嬉しいのだろう。尻尾をブンブン振っている。

彼はクーシーという聖獣にも属する存在らしいのだけど、こうして見ているとただのでっかい犬だ。可愛いから俺にとっては威厳ある聖獣よりこっちの方が好きだな、うん。

首を回し俺もゆっくりと丸太タワーをおりる。

「まさか戻ってきてくれるなんて思ってなかった」

「元々、戻るつもりだったんだ。元気にしてたか?」

「うん、問題ない。調味料以外は快適に過ごせているよ」

「そうか、そうか。物入りだと思ってな、色々持ってきたぜ」

そう言った彼はドシンと背負ったバックパックをおろす。

色んなものを持ってきてくれたのは嬉しいのだけど、俺に返せるものなんて……あ、あれならまだ。

ちょっと待ってて、と言い残し小屋までトテトテと走り、一抱えほどある籠一杯に積み上げたポーションの原料になるアロエを持って彼の元に戻る。

戻ると、彼はバックパックの中身を丸太の上に並べていた。

「マルチェロ、これよかったら」

「えらい集めたな、ありがとうよ」

人好きのする笑みを浮かべ快くアロエを受け取ってくれるマルチェロ。

気持ちよく受け取ってくれる彼に大人だなあと感心する。渡す側、受け取る側、気持ちよくって意識が俺にはなかった。

アロエを大量に受け取っても、街まで持っていくのはとても重いよな……。い、今更、引っ込めることも微妙だし、他に彼に渡せるものもないので仕方なし。

彼は袋やリュック、タオル、石鹸《せっけん》といった日用品を一通り持ってきてくれていた。他にも家を一緒に作った経験からか釘とかロール状に巻いた布とか家具作りに使えそうなものまで揃っている。

「お、おお。これは嬉しい」

「塩だけだと味気ないだろ。冒険者が使うもんだから量はないが、種類があった方がいいと思ってな」

「まさにまさにだよ、ありがとう」

「お前さん、よほど調味料に飢えてたんだな」

そんなにがっついたかな？　彼が持ってきてくれたものの中で一番反応したのは調味料だった。いやまあ分かるよ、一番ありがたいのは日用品だってことはさ。

しかし毎日塩だけだと味気なさすぎて、ね。

ビネガー、コショウ、ニンニク、ジンジャー、赤い色をした香辛料（ハリッサと呼ばれているコチュジャンみたいな見た目の辛い調味料）、オリーブオイルなどなど。彼のいう通り量は少ないけど、多数の種類がコンパクトにまとめられていて持ち運びしやすいようになっている。

日用品を一つ一つチェックしていたら何に使うか分からないブリキ缶があった。

「そいつはクーン用だ」

「粉？　犬用の餌？」

ブリキ缶を開けると黒い粉が詰まっていたんだ。

俺の質問に対し、彼はちがう、ちがう、と首を横に振る。

「粉を水に溶かしてクーンに塗る。するとだな、毛色が黒に見える。洗えば元に戻る」

「毛染めだったんだ。使いどころが……」

マルチェロの持ってきてくれたものは実用一辺倒のものばかりだったのだけど、このブリキ缶だけが異なっていた。

いや、嬉しくないわけじゃないのだが、ブリキ缶だけ傾向が異なるので戸惑うというか、なんというか。

対するマルチェロもガシガシと頭をかき、言い辛そうにしていたものの説明をはじめてくれた。

「順に俺の思ったことを言った方がいいよな、多分」

「その方がありがたいよ」

「分かった。お前さんが歳の割にとんでもなくしっかりしているのは少し接してすぐに分かった。んだから迷ったんだよな」

「迷った？」

頷き、丸太に腰かけたマルチェロが無精ひげを撫でる。

俺が彼の考える平均的な子供であれば、置いていくリスクの方が遥かに高いから嫌がっても街まで連れていくつもりだった。

ところが、中身が大人と変わらぬ俺を見て悩んだんだって。街は治安がそれほどよくない。街で生まれた子供であれば親がいる。捨て子は捨て子で集団となり自衛をしていたりするんだって。

よそ者の子供一人となると後ろ盾がなく、あとは言わなくても分かるな、とマルチェロが顔をしかめる。

ここまでは俺の懸念とそう変わらない。街で住む危険性とお金の問題だな、うん。

「悩んでいたんだが、クーンとお前さんが仲良くなっただろ。それでお前さんに任せようと思った。いや、言い方が汚いな。お前さんなら街に行かない選択をすると確信していたから何も言わなかった」

「俺は街の危険性しか考えていなかっただよ。生きていけそうならここで暮らそうと思ってた」

「お前さんの付与術とクーンがいれば、ここで生きていくのは難しくない。だが、街に行くとクーンが目立つ」

「クーシーってそんな珍しいの？」

いやいや、カクカクと頷かれたら気持ち悪いったらありゃしないぞ。

ともあれ、ようやく話が繋がった。

結論から述べると、マルチェロは俺が街へ行けるように考えてくれていたんだ。

クーシーを連れて街に行くと目立つってもんじゃない。下手すりゃ大事になってしまう。

犬のような見た目をした魔獣や聖獣は色々な種がいる。同じ種でも毛色が違うのもよくあること。

しかし、白銀の毛色となればクーシーか、かの有名なフェンリルの二種しかいない。

「毛色を黒にしたらダイアウルフに見えるから、街でも目立たないってこと？」

「ダイアウルフよりティンバーウルフにした方がいいぜ」

「俺が街にクーンを連れていけるように」

「んだ、クーンがいれば護衛にもなる。お前さんとクーンだけでも攫われることもまずなくなるだろうよ」

子供一人で馬のような大きさの犬を連れているとなれば安全性がグンと増す。クーンも置いていかずに済むと一石二鳥である。

「ダイアウルフじゃまずいんだっけ？」

「魔獣使いって知ってるか？」

「知ってる！　子供たちの憧れの能力じゃないか」

「絵本の中とはちいと違うが、ダイアウルフは魔獣使い以外は連れていない」

俺は魔獣と仲良くなる魔獣使いの才能は持っていない。魔獣使いの能力であるテイミングは生まれつきでしか獲得できないものなのだ。

付与術とかの魔法系の能力も生まれながら適性があったり、なかったりするけど、ある程度の魔力を持って生まれれば聖魔法以外ならちょこっと使えるようになったりする。

しかし、テイミングは生まれ持った才能がなければ一切使えるようにはならない。テイミングは魔獣と心を通わせることができる能力で、人によっては人間と喋るのと同じくらいの意思疎通を行うことができるのだってさ。

更にお互いの力を補い合うことができ、本人のレベルが上がれば魔獣のレベルもあがる……らしい。

俺にテイミングの才能があれば不可能ではないのだけど、魔獣使いにしか扱えないダイアウルフを連れていたらクーシーを連れているほどではないにしても注目を浴びる。

ん、ティンバーウルフって……何だっけ。

俺の視線にマルチェロが察してくれた。

「ティンバーウルフはなかなか人に慣れねえが、魔獣使い以外にとっては最高の番犬だ。幼獣の時から育てれば最高の相棒になるらしいぜ」

「へえ、飼ってみたい」

「わおん」

クーンの代わりにと言ったわけじゃないんだよ。すまんすまん、と彼の顎元をなでなでする。

魔獣使いでなくともペットにできるってことは魔獣ではなく動物にカテゴライズされるってことかな。この辺り曖昧でよく分からない。

「マルチェロ、何から何までありがとう。まずは」

「お、まずは何すんだ」

「ご飯にしよう」

「わおん！」

ははははとマルチェロが腹を抱えて笑う。

そんなに面白いことを言ったつもりはないのだけど、何をするにしても腹を満たしてから、だよな。

さっそくマルチェロからいただいた調味料を惜しみなく使うぜ。

燻製にした肉を軽く焼いて塩コショウを振る。コショウを加えるだけで全然味わいが変わるのだ。

スライスしたニンニクをこれまたマルチェロからいただいたフライパンで軽く炒めて、肉の味変に使う。

追加でバターがあれば最高なんだけどなあ……なんて考えてしまうのは贅沢だよね。人間の欲望は際限がない。

バターは保管するものがないし、街で仕入れても腐らせてしまうから……乳牛を飼育しなきゃいけないから敷居が高すぎる。

「肉が焼けたから先に食べておいて」

「おう」

「わおん」

お次はせっかく新しい鍋があるので、魚とキノコ、香草を使う。

オリーブオイルにニンニク、そして塩コショウを使い、辛みを加えるためにハリッサを投入。

これぞ簡単料理の極みアヒージョである。

「食べよう」

「アヒージョか、お前さん料理までできんだな」

「マルチェロもお手の物なんじゃないの？」

「簡単なものしかできねぇぞ。料理をするにしても冒険中だけだからな」

なんて会話をしつつ、俺とマルチェロの分を器に取り分けた。

アヒージョはクーンがくんくんして、首を振っていたので食べられないと判断した。

「美味しい」

「うまいな。肉もうめえぞ」

「コショウがきいて、肉もいいね」

久しぶりにまともな料理を食べた気がする。塩だけだとほんと辛かった……。

飢えずに生きてこれたのだから贅沢を言っちゃあダメなのだけど、人間の欲望は、以下略。

「ふう、お腹も膨れたし、クーン、温泉に行こう」

「湯あみか、俺も行く」

長旅の疲れを癒し、汚れを落とすには温泉が一番だ。やっぱ温泉があるってよいよね。

野山を駆け回り、採集や狩猟をする日々には温泉が欠かせない。

風呂に入ったら、ハクに食事を届けて早めに就寝することにした。明日は朝日が昇る前に起きたかったからね。

◇◇◇

「ハクに挨拶していかなくていいのか？」

「昨日言ったし、ハクは調子の悪い時が多くてさ。夕方まで寝ている日が多々あるんだ」

「なるほどなあ。お前さんの目的が分かったぜ」

「まあそういうことだよ」

朝早く起きたのは、街に向かうためだったんだ。マルチェロがお膳立てしてくれたし、街に行くと言ったら彼も付き合ってくれることになった。

彼曰《いわ》く俺に荷物を届けたら街に戻るつもりだった、と言っていたけど、二、三日ゆっくりしてからでもと思わなくはない。

ま、まあ、彼に疲れを癒してもらえるほどのもてなしはできないのだけどね……。

そんなこんなでクーンに乗って出発する。俺が彼の首元でマルチェロが俺の後ろだ。いつもと違ってマルチェロが彼に乗るので、タフネスとストレングスをクーンにかけることにした。

「うああ、クーン、速すぎる！」

「わお？」

「いつもくらいで……付与術の強化率の方がマルチェロを乗せる負荷より高かったのか。もう少し抑えて走ることはできるかな？」

「わおん」

いや、マルチェロの重量だけじゃなく集めたアロエなどの荷物も持ってもらっているから俺との散歩の時の三倍近くの重さになっていると思う。

クーンにとっては付与術をかけずとも今の重量なら余裕だったのかも。

ならストレングスは解除した方がよいのかもしれない。タフネスはスタミナの強化をするからそのままにして調整するかなあ。

なんて考えていたけど、クーンの調整は見事でいつもと変わらぬスピードを保ってくれるようになった。

「魔獣の牙とかもお金になるんだっけ？」

「んだな。狩っちまうか」

「採集よりはやそうかな？」

「んー。道中で発見するか襲い掛かってくれれば探す手間の分、採集よりはやいんじゃねえか」

どっちにしても探索して発見できるか次第ってことね。魔獣を倒すとなると怪我するかも、とかあると思うのだけど、マルチェロほどの冒険者になると作業なんだろうな。

なんて頼もしいんだ。

俺としても危険すぎる魔物に遭遇した場合の対策はできている。対策？　そんなものしていたのかって？

もうバッチリなんだよね。対策はクーンが全速で走って魔獣をちぎる、それだけである。

……他力本願ここに極まれり。

い、いいんだよ。三十六計逃げるに如かず、はクーンが適任なのだ。

「見晴らしのよいところに寄るのが良さそうだよね」

「んだな」

街の方向へ進みつつ、見晴らしのよい丘の上に出た。

素敵となれば、これだ。クーンから降り、目を閉じ付与術を発動した。

「ハイ・センス」

お馴染み五感を強化する中級付与術である。

ハイ・センス後の感覚にも慣れてきた。特徴的な音がないか探りつつ、空、木々、草むら……へ順に目を落とす。

「空！　いる！」

「ん、どこだ？」

「わおん」

一点を指さした。まだ米粒ほどの大きさであるが、強化された俺の視力はそいつの姿をハッキリと捉えていた。

あれは、忘れもしない。あいつだ。俺を攫った怪鳥で間違いない。同種の別個体である可能性はあるが……。

「まだウロウロしていやがったのか。ここで会ったが百年目。襲ってくるようなら容赦なく……やる」

「あのクチバシと羽の模様、あいつはロック鳥の変異個体『イルグレイグ』だ。ちいと厄介だぜ」

厄介ではあるが、『不可能』や『逃げろ』ではないってことだよな。

血のような赤いクチバシに白に朱色が混じった翼の模様……マルチェロの言葉そのままだとあの個体独自のものである。

つまり、あの怪鳥は俺を攫った個体で間違いないってことさ。

奴は俺たちの姿を捉え、真っ直ぐこちらに向かってくる。もう俺はあの時の俺じゃあないんだぜ。

「マルチェロ、俺にやらせて欲しい」

「本気か。……分かった。クーンに乗ってでもやれるか？」

分かった、と頷き再びクーンにまたがる。

俺が外した時はマルチェロが指示を出しクーンが退避してくれる手筈《てはず》になった。

ダガーにザイルをガチャンと取り付け、付与術を発動する。

「アルティメット」

ハイ・センスを付与した状態であっても、アルティメットをかけるとふらつく。

怪鳥との距離はおおよそ四百メートルほど。真っ直ぐ滑空するようにこちらに迫ってきている状況は変わりない。

今の俺には奴の羽毛の一本一本から目元の細かい作り、ざらついた足のボコボコまでハッキリと見える。

「喰らえ！」

一息にダガーを投擲！

ズバババババ！

音を置き去りにして怪鳥の首元に突き刺さったダガーは反対側から抜け尚も勢いを止めない。

ここでザイルを引っ張り、怪鳥を俺たちのいる丘の地面に叩きつけた。

「す、凄まじいな……」

「しょ、正直、自分でも驚いたよ……」

絶句するのはマルチェロだけでなく、ダガーを放った俺もだよ。

怪鳥はピクリとも動かず、今の一撃で完全に仕留め切ったことは明白である。

「あー、マルチェロ、こいつの素材って売れるのかな」

「そ、そらあ、売れる、てか、イルグレイグは討伐依頼が出ている」

「マルチェロが倒したことにして、なんとかならない……？」

「で、できなくはねえが……だああ、分かった。なんとかする」

イルグレイグは俺の住んでいた街オイゲン伯爵領の領都ハクロディアでも出没し、人を攫っていたから討伐依頼が出ていても頷ける。

俺もこいつに攫われた一人であるわけで。

討伐報告をせずとも、もうこいつに襲われる被害者は出ない。しかしだな、討伐報告をすることでこいつに怯える人がいなくなる。

実際に襲われる被害を無くすことと同じくらい、人々の不安に思う気持ちを払拭することは肝要だ。

俺が『倒しました』はさすがに世間的には無理があり、変なトラブルに巻き込まれることが明らか。マルチェロが引き受けてくれなかったら、討伐報告はしない、一択だった。

◇◇◇

やって参りました。虹のかかる渓谷から最も近い街グラゴスに。生まれ育った領都ハクロディア以外の街へ訪れたことがなかったので、すっかりお登りさんな俺であった。

街道に入る前にクーンの毛染めも行い、準備に抜かりはない。

街に入る前からワクワクが高まっててさ。街をグルリと囲む城壁の立派なこと、立派なこと。ほへぇ、と変な声が出るほどだった。城壁の高さは領都ハクロディアの二倍はある。高さにして十五メートルほどだろうか。俺の感覚でいうと三階くらいの高さになるのだから、街に入る前から期待が高まるってものだよ。

堀はなく、大きな開け放たれた扉のところには門番が二人いて、これから街に入る人をチェックしている。

時刻がお昼過ぎだったからか、待つこともなく門番に挨拶できた。

門番と知り合いらしいマルチェロの顔パスでなんなく門を通過し、いよいよ街の中へ。

街の様子は領都ハクロディアとそんなに変わらない気がする。規模もどっこいどっこい……だと思う。あくまで大通りを見た感想ではあるけどね。

大通りは活気があり、鎧姿の人、ローブを目深にかぶった人、貫頭衣の人、ビキニのような布面積が少なすぎる人など服装も様々だ。この世界ならではなのだけど、人間が最も多いものの、他種族もちらほらと。

そんな中でもクーンは目立つらしく、チラチラと道行く人からの視線を感じる。

「ねえ、パパ。ティンバーウルフは珍しいの？」

「……パ、パパ……。街では珍しいかもな」

動揺しつつもしっかりと回答するところがマルチェロらしい。クスリとしつつも自分の考えを彼に投げかける。

「散歩するにも窮屈だからかな」

「それもあるな。ティンバーウルフを飼う時は自衛のためってのが多い」

高い城壁に衛兵までいる街の中なら魔物に怯えることはない。俺にとってはクーンがいなくても街中の方が危険だと思うんだよな。

魔物より怖いのは悪意ある人だよ、うん。魔物の目的は肉だから分かりやすい。

が、人の悪意ってのは単に自衛するだけじゃダメなケースもあるから。

ぬくぬくと箱入りで育った子供の俺が、街中で生きていくのは辛い。活気ある人通りを見てそう実感したよ。

お金を稼げたとしても街中は厳しいな……。

お登りさんで露店に興味津々で目移りしまくりながら、考え事までしている忙しい俺に向かってパパがゴホンとわざとらしい咳をして無精ひげを撫でる。

「どうしたの？」

「あー、そのだな、パパってのは」

「父上とかの方がよかった？」

「そこじゃあねえ」

カリカリするのはよくないぞ、パパ。

彼なら理解してくれると思ったんだけど、あ、まさか。

「ごめん、家族がいた？」

「独り身だ。冒険者稼業をしていると家族を持つのはなあ」

「またまた、モテないだけって。いや、マルチェロはモテそうだ」

「んなことはねぇよ。お前さんの意図も分かる。おっと、角を右だ」

マルチェロはきっとモテモテだと思うんだよな。この面倒見の良さ。人好きのする笑顔。どが付くほどのお人よしなのだけど、頼りになるし、大工仕事から狩りまで何でもこなせる。彼がイケメンなのかは俺の主観だと分からん。この世界の恋愛対象は同種……マルチェロの場合は人間だから同じ人間だけというわけじゃあない。

ライオン頭が人間の美女とお付き合いしていたり、エルフのスレンダーな美人がグラスランナーの少年のような人と仲睦まじくしていたり、とよく分からないんだよね。


彼に連れてこられたのは武器屋『アルカン』という店だった。確か彼が街に行くことがあったらアルカンか冒険者ギルドを頼れって言ってたっけ。

ノームの長く真っ白の顎髭を生やした壮年の店主は俺だけじゃなく、クーンにも水を出してもてなしてくれた。

クーンは軒下で寝そべり、俺は店主からお店に置いている武器のうんちくを聞いたりしていたらあっという間に時間が過ぎる。

店主の店でのんびりさせてもらっていたのは、その間にマルチェロが冒険者ギルドに顔を出していたからだった。

ほら、例のアレ。イルグレイグの討伐報告だよ。ある種の修羅場に親子で行くよりは彼一人の方がうまく事が運ぶだろうことは俺だってすぐに理解できる。

ちょうどマンゴージュという武器のことを聞いていたところでマルチェロが帰ってきた。

「首尾はどうだった？」

「上々だ」

にいいと口角をあげ親指を立てるマルチェロ。

ついでにアロエも売ってきたとのこと。さすがマルチェロ、仕事が早い。

「んで、ハクのために薬を買いたいんだったか？」

「うん、それと薬学の本とかも欲しい」

「本か。アルカン、本屋ってどこにあったか分かるか？」

「ここから一本奥の赤い屋根が本を売っている。そもそも、薬を売っている店に置いているだろうて」

よしよし、薬屋で欲しい物が全部揃うかもってことだな。

「おっと、忘れねえうちに」

「ん？」

どすんと巾着袋を机の上に置くマルチェロ。

中を見なくとも分かる。お金だろ、これ。おもむろにむんずと巾着袋を掴んだ彼が中を開け豪快にひっくり返す。

思ったより量が少ないな、と思ったが銀貨と金貨ばかりじゃないか。しかも、金貨の割合が多い。

彼のことだ。イルグレイグの討伐報酬だけじゃなくアロエの分も入っているはず。多少お金を抜いても俺には分からないけど、巾着袋に全部詰め込んでいると確信できる。

予め半分に分けておくとかもしてない、正真正銘これで全部だろうな。

金貨を一つ手に取り、しげしげと見つめる。刻まれている模様がオイゲン伯爵領とは異なるぞ。

となると、ここは王国領でもない。怪鳥にドナドナされた時に太陽の方向を確認している余裕もなかったから、ここグラゴスから領都ハクロディアは東西南北どちらの方向なのかも分からないという体たらくである。

「これ、一枚貰っていいかな」

「一枚？　イルグレイグをやったのはお前さんだろ」

「ずっと世話になっているし、怪鳥と遭遇したのもマルチェロがいてくれたからだからさ」

「分かった、分かった。その目はやめろ。山分けにしようぜ」

金貨一枚でも貰《もら》いすぎだと思うのだが、山分けがお互い許容できる落としどころになった。

これだけのお金があれば、年単位で街で生活ができそうだけど、ストレスを溜めながらここで暮らしていくつもりは毛頭ない。虹のかかる渓谷で生活していくに支障がないわけだし、街には道具や調味料などを仕入れに足を運ぼうと思っている。

薬屋に寄った後はクーンを連れて入ることができるレストランに寄ることに。希望は一度やってみたかった露店巡りだったのだけど、クーンのことがあり断念した。

クーンは体が大きいから、落ち着いて食事をとれそうな場所がなくてさ。

レストランはロッジ風？　と言えばいいのか四人かけのテーブルと椅子が並んだ天井の高い作りをしていた。

クーン連れの俺たちはテラスに案内され、天気もよいし道行く人を眺めながらも良い感じだ。

「よおし、食べるぞお」

久々の手の込んだ料理に俺のテンションは爆上がりである。

熱々のピザに焼き立てのミートパイ、オニオンスープ、草食竜のハンバーグにフライドポテト、などなど。

炭水化物ばかりな気もするが、これもまた良し。

「クーンには果物と肉だよ」

皿に乗せて彼の足元に置くと、さっそく「わおわお」鳴きながら食べ始めた。

「いただきます」

まずはオニオンスープをスプーンですくって口に運ぶ。お、おおお。これぞ文化的な食事ってやつだよ。

そうだ。植物の種も買って帰ることにしよう。料理に舌鼓を打ちつつもどんな調味料を使っているんだろうと自分なりに予想することも忘れない。

日持ちする調味料だったら大量に買って帰りたいところだ。

お金を持ち気が大きくなる俺なのであった。

ああ、ピザも美味しい。

◇◇◇

欲しい本の写本がなくて、数日図書館に引きこもり自ら写本をしていたら思った以上に街に滞在することになってしまった。

マルチェロはマルチェロで冒険者ギルドの依頼をこなしたり、でお互いになんのかんので充実した街ライフを過ごしたんだよね。

日が暮れてからは彼と一緒に行動していたので、保護者同伴により安全性も申し分なかった。人任せここに極まれりである。

そんなこんなで、ようやく虹のかかる渓谷に戻ってきた。マルチェロ付きで。

彼曰く、お金も入ったししばらくのんびりと過ごすにちょうどいいと素直じゃないことを言っていた。

「ティルくん！」

「シュシ！」

坂を下りたところで見知った鬼族の少年が手を振り、俺の名を呼ぶ。

ここに引っ越してくると聞いていたけど、まさかこんなに早く来るとは少し驚いた。

クーンもシュシに会えたことがうれしいらしく、彼の肩に頬をすりすりして尻尾を振っている。

犬が大好きらしいシュシも笑顔を浮かべ、彼の頭をなでなでしていた。

マルチェロも俺もクーンから降り、ここからはシュシと並んで徒歩で小屋に向かう。歩いている間にマルチェロとシュシは自己紹介をしていた。

「お、おお」

小屋とハクの家の近くに四棟も家が建っているじゃないか。それだけじゃなく、真新しい炉や竈もある。

耕したばかりらしい畑まで……俺が離れていた期間ってどれくらいだっけか。長くても二週間くらいだと思うのだけど……。

「おお、ひと月で見違えたな」

「あれ、ひと月も離れていたっけ」

「お前さんがもう一冊、もう一冊とか」

「そうでしたっけ、ははは」

ぴゅーと口笛を吹いて誤魔化すことを決め込んだ。

俺たちの話声を聞きつけたらしく、近くにいた鬼族の人たちが挨拶をしにきてくれた。

「巫様がお戻りになられたぞ！」

「はじめまして、巫様」

な、何この挨拶……怖い。続々と人が集まってきて、ざっと十二、十三人くらいだろうか。

そして、挨拶というより歓声と表現した方がしっくりくる感じがむす痒いったらなんの。

困ってあえぐようにマルチェロの顔をみたら、ニヤニヤと嫌な笑顔を浮かべているじゃあないか。この表情、前世の時にテレビドラマで見たことがある。

子供が彼女を連れてきた時の親、これだよ。

彼じゃあダメだ。頼ったら状況が余計に悪化する。な、ならばもう一人に。

シュシに目を向けるが、こいつはいかん。

う……裏表のない屈託のない笑顔を浮かべこちらを見られても困ってしまうじゃないか。

汚れた大人（心だけだけど）、にその笑顔は眩しすぎる。

「わお？」

最後に頼ろうとしたのはクーンだった。不思議そうに耳をあげる彼に対したまらなくなりよしよしと頭を撫でる。

すると彼は尻尾をブンブン振ってご機嫌に、わおわおと鳴く。

「クーンは可愛いなあ」

「はっは」

遊んでくれると思ったらしいクーンが俺の回りをグルグルして、行こう、行こうと誘ってくる。

ここでようやく俺は自分のおかれた状況を思い出す。

「て、丁寧なご挨拶ありがとうございます。俺のことは気軽にティルと呼んでください」

彼らのあまりの勢いにたじたじになっていて、こちらから何も言えてなかったんだよね。

ヒートアップしていた鬼族の人たちも落ち着いてきて、順番に彼らと握手を交わすことができた。

「巫様、戻られたのですね」

「カニシャさん！」

見知った顔に対し自然と頬が緩む。

彼は俺がいない間に何があったのかを丁寧に説明してくれた。

鬼族の里『ヒジュラ』に戻ったカニシャ父子はさっそく虹のかかる渓谷……彼らの言葉を使うと『アガルタ』が無事であったことを里長に伝えたのだって。

そんでまあ、奇跡が起こった虹のかかる渓谷こと『アガルタ』へ同行する人を募ったら、二十人くらいの人が集まって集団で移住しにきた。

いざアガルタに到着したら、俺がいなくて積み上がった丸太に全員たいそう驚いたのだと。

昼過ぎになり起きてきたハクから俺が移住してくる人のために丸太を用意していたことを聞き、さっそく使わせてもらった。

確かに積み上がった丸太が数えるほどになっている。

あとは人数にものをいわせてそれぞれの家や生活に必要な炉、竈を作り、畑を耕し始めたところで俺が帰ってきたみたい。

「畑の作り方、教えてもらえませんか？」

「もちろんです！」

ちょうど暇している人員もいることだし、やれるときにやっちまおうぞ。

街で買い物をしている時に種もいくつか買ったんだよね。

先ほどまでニヤニヤしていた暇な人員にジト目を向けたら、そっぽを向かれた。

「それと、農具も貸していただけると」

「予備もありますし、いつでも使ってください。農具は共用のものもあります」

「あ、もちろん、大切な農具を壊さないように対策をとります」

「壊れても問題ありませんよ。鍛冶場もあと数日で完成します」

か、鍛冶場だと……！

俺とハクだけじゃ、決して実現することができなかった憧れの鍛冶場がもうすぐ完成とは驚きだ。

自給自足生活から村へと転換するポイントは鍛冶場などの施設である、は言いすぎか。

人里離れた場所で一人鍛冶を営む偏屈な男……なんて人はいるにはいるが、敢えて人里離れた場所でやっているだけで、自給自足生活が目的じゃあないよな。


小屋に戻り、持ってきた荷物を置き、荷ほどきもせず外に出る。

明るいうちに農作業を始めたいと思ってね。長旅の疲れはまるでない。ずっとクーンに乗っていただけだからさ。

ガタガタと小屋の扉を開けたらハクが扉の前に立っていた。

「ハク！　起きてたの？」

「うん、鬼族の想いを受け取った」

「色々もってきてくれたのかな」

コクコクと頷くハク。

ハクの起きてくる時間が早いのは鬼族の人から薬をもらったからかもしれない。

「街でハクへのお土産を買ってきたんだ」

そう言って彼女を中に招き入れ、床に座ってもらう。

ええと、どこに入れたかな……。探しているとマルチェロが無言で幾つかあるリュックの一つを掴んで渡してくれた。

そうだった、このリュックの中に入れていたんだ。

リュックから小袋を出し、ハクに手渡す。

「元気が出る丸薬なのだって」

「ありがとう」

彼女はギュッと小袋を胸に抱きお礼を述べる。鬼族の人たちからのプレゼントと被ってるかもしれないけど、日持ちするものを買ったから大丈夫なはず。

ハクにお土産を渡すこともできたし、今度こそ農作業をはじめようじゃないか。

意気揚々と再び外に出る俺であった。


クワよおし、選定場所よおし。

クワを構えたのだが、俺の身長くらいの長さがあるので大剣を構えた気持ちになれるな、これ。

クワには大人用も子供用もないので、長さが明らかにあっていない。

畑の作り方を見てくれているカニシャと興味津々で付き添っているシュシからハラハラした

緊張感が伝わってくる。いや、シュシからはそうでもないか。

俺のことをよく知っているマルチェロは近くの岩の上に座ってくああと欠伸をしていた。

もちろんこのままクワを振り下ろすわけじゃあないぞ。カニシャとも壊さないように対策をとる、と伝えているからね。

「エンチャント・タフネス、そして、エンチャント・シャープネス」

クワの長さが身長に合ってないので扱い辛いかも？　そこも問題ない。

続いて、付与術をいくぞ。

「ハイ・ストレングス、そして、ハイ・タフネス」

付与術の発するぼんやりとした光にカニシャは目をひん剥き、シュシはキラキラと目を輝かせていた。

「巫様の術式……初めて見るものです。さすが、巫様」

「鬼族で付与術を使う人はいないんですか？」

「付与術……名称から、身体能力を底上げする術式でしょうか？」

「ですです」

カニシャが得心した、と大きく頷く。

鬼族の里でも身体能力を強化する魔法……彼ら流に表現すると術式を使う人はいるのだって。

所謂《いわゆる》、魔法職系が使うものではなく、武器を持って戦う人が使う術式というのが興味深い。

「まずはクワを振り下ろす、でいいんでしょうか」

「草抜きと大きな石を取り、耕すのですが、石に気を付けてクワを使えば草ごと掘り返すことができます」

「深めにクワを、ですね」

「はい」

先に草抜きをした方が後片付けが楽かも、と思ったが、草抜きの体勢は辛いんだよね。

その辺を考慮してクワでやれるだけやってしまおうという案なのかも。

クワだけじゃなく、筋力を強化しているので、力を入れないようにクワを地面にコツンと当てるくらいの感覚で——。

サク。

あ、しまった。あろうことかクワの先端が岩の上に刺さっているじゃないか。草でよくみえなかったのだから仕方ない。

それでも、まるで抵抗がなくクワは岩に沈み込み、更にはその下にある土にまで沈み込んでいた。

その様子にカニシャの顎が落ち、完全に固まってしまった。

「全く……やると思ったぜ」

様子を眺めていたマルチェロがやれやれと割って入る。

な、なんだよ。何が悪いってんだ。いや、分かってるって、そんな可哀そうな子を見るような目で見ないで欲しいな、ぷんすか。

ぷくうと頬を膨らませていたのだが、これで誤魔化されるマルチェロではない。

「ダガーのことで分かってるだろうに。知恵が回るお前さんなのに、抜けることもあるんだな」

「使う得物《えもの》が変わっただろ、そんでまあ、最初は慎重に、のつもりだったら岩ごと地面に埋まってしまった」

「そらそうだろ」

「そもそも……まあ、うん」

刃の部分が埋まったクワを土から引き抜いて、クルリと反対に回転させ持ち手の木の部分を土に当てる。

ちょいと押し込むだけで木の柄がズブズブと沈んで行く。

「こういうのは、振り回せばいいんだよ」

「任せた」

体よく彼と交代ができホクホクの俺は、悠々とちょうどよい高さの岩に腰かける。

マルチェロはクワを水平に構え、投げやりに振り回しているように見えた。

なんかそれでも綺麗に草が刈り取られ、石も粉々に砕けていくものだから素晴らしいとしか言いようがない。

あれよあれよというまにすっかり草刈りと石を取る……もとい石を砕く作業が完了した。

「ティルさん、僕も手伝うよ」

「某も協力いたします」

みんなで散らばった草を一か所に集め積み上げる。

ここまできたら、あとは土を掘り返すだけだ。

えっさほいさと沈みすぎないようにクワを振るい、畑が完成した。

同じ種類の種がいいのだろうけど、三種類植えることにしたんだ。全て食べることができるものなのは当然のことである。

植えた三種は大豆、小麦、そして瓜《うり》。最後、なんで瓜なんだよ、って話なのだが、甘い物も欲しいじゃないか。

クーンも喜んでくれそうだし。


畑作りの汚れを落とすのはもちろん温泉である。風呂用のハンドタオルとバスタオル、それと石鹸まで買ってきたので準備はバッチリだ。

石鹸すげえ、みるみるうちに汚れが落ちる。石鹸が欲しかった一番の理由は風呂より料理なんだよなあ。

どうしても油が手につくから、さっぱり油を洗い流したくて。

この日は鬼族の人たち全員が集まってのバーベキューパーティーとなった。みんな食材を持ち寄ってくれたので、俺も帰宅途中に狩りをした鳥を二羽提供したぞ。

多量の荷物を持っていたから、今晩の肉程度しか持ち合わせていなかった。温泉に入る前に狩りに出てよかったなあ。

パーティーは深夜まで続き、飲めや歌えやの大盛り上がりだった。

最初は巫様、巫様、で戸惑ったけど、慣れてきたらみんな気さくな人たちでとても充実した楽しい時間になったんだ。

閑話　リュック

ティルの生家がある領都ハクロディアから遠く離れたコブルト王国の王都には、王国最高峰の魔術師である宮廷魔術師が集う一角がある。

中央に尖塔《せんとう》があり、周囲に漆喰で純白に装飾した箱型の建物が並ぶ。この箱型の建物一つ一つを宮廷魔術師一人一人に宛てがう。彼らはここで暮らし、日々研究や国の命で様々な事業を行っている。

そんな箱型の建物の一室に、鮮やかな赤毛の可憐《かれん》な少女が椅子にちょこんと座り、台に乗せた水晶玉に手を伸ばしていた。

「ティルが！」

驚きの声をあげた少女は長い髪を揺らし、ガタリと勢いよく立ち上がる。

ふるふると首を振り両手を胸の前に重ね、愛らしい顔を苦し気に歪《ゆが》め、大きく息を吸い込み、吐き出す。

二度、三度、深呼吸をした少女は、ようやく落ち着きを取り戻し、水晶玉へ向け口を開く。

「ティルが？」

こうしてはいられない。

ティルが、ティルが、いなくなってしまったなんて！

クローゼットを開いた少女は星と月をあしらった紋章が刻まれたローブをひっ掴み、歩きながら羽織る。

部屋を出たところで、お世話役のメイドの娘が少女を呼び止めた。

「リュック様、まさか、恐ろしい魔物が？」

主の只事ではない様子に最悪の事態を想像したのか、彼女は怯えた表情で縋《すが》るように少女を見やる。

「ティルが。僕の愛する弟が、行方知れずになってしまったんだ！」

「ティル様が……？」

主の弟好きはメイドの間だけでなく、宮廷魔術師の間でも有名だ。そんな弟がいなくなってしまったとあれば、リュックにとってドラゴンが王都を襲撃するより動揺する事態である。

「すぐに馬車を手配いたします」

メイドが告げると、リュックは左右に首を振る。

「それじゃあ遅いよ。馬車だと何日かかることやら」

細い眉をハの字にして、口をすぼめるリュック。

「ですがリュック様。馬車より速いとなると魔獣使いが操る飛竜くらいしか……」

「そうだ。飛べばいいんだ」

リュックはポンと手を叩く。その発言にメイドはポカンと口が開いたままになる。

「空を飛ぶ魔法があるのですか!?」

「あるのかな？　魔術師長なら知っているかもしれないよ？」

「え？」

「あはは。僕は『お願いするだけ』だからね。精霊に」

朗らかに笑うリュックだが、お願いするだけ、で空も飛べてしまうのは精霊に愛されすぎた者であるリュックにしか成し得ない技だ。

指を立て左右に振ると、リュックの足元から突風が吹き抜け、スカートが揺れる。

次の瞬間、リュックの体がフワリと浮き上がった。

「うん、行けそうだ」

浮いたまま窓を開け、空へと飛び立っていったリュック。

残されたメイドはあまりの出来事に空いた口が塞がらなかった。

「リュック様……規格外すぎます！」

飛び立ったものの、リュックはどこへ向かえばいいのか分からずにいた。

まずは、ハクロディアに行ってみようか。そこから、イルグレイグの痕跡を辿ろう。風の精霊ならきっと分かるさ。

ふふふ、と笑みを浮かべたリュックはそんなことを考えながら、一路ハクロディアへ舵《かじ》を切る。

◇◇◇

一方その頃、ハクロディアではティルの父ことオイゲン伯爵が息子の捜索に全力で取り掛かっていた。衛兵の聞き込みから、盗賊に攫われたティルはロック鳥の変種イルグレイグに連れ去られたと判明する。

その後、衛兵には聞き込みを続けさせ、騎士団には周辺地域の捜索に向かわせた。伯爵の本気はこれだけに留まらず、冒険者ギルドへティルとイルグレイグの目撃情報に破格の報酬を提示し、更にティルを保護した者にはその十倍の報酬を与えると約束した。

やれることをやった伯爵であったが、唯一つ後回しにしていたことがある。

それは、リュックへの連絡だ。

もし、リュックにティルが行方不明になったことを告げれば、全ての業務を放り出し弟の捜索に向かうだろうことが分かっていたから。

しかし、冒険者ギルドにお触れを出した手前、すぐにティルが行方不明になったことがリュックの耳にも入るだろう。

というのは、冒険者ギルドという巨大組織の性質に起因する。冒険者ギルドは王国内だけでなく隣国の街全てに居を構えていた。一つ広範囲の依頼を出せば、たちまち全ての冒険者ギルドに情報が伝わる。

伯爵領であれば誰よりも情報を集めることができると自負する伯爵であったが、イルグレイグに攫われたとなれば伯爵領の外まで連れ去られた可能性が捨てきれない。

可能性があるのなら、冒険者ギルドへ依頼を出すことを躊躇《ちゅうちょ》する伯爵ではなかった。

リュックには知られてしまうが……。

伯爵が水晶玉でリュックにティルのことを話した直後、予想通り全てを放り投げて旅立ってしまったと宮廷魔術師から連絡があった。

「私だって、居ても立ってもいられないのだ……しかし、ここを離れるわけにはいかない……」

口惜しそうに一人呟く伯爵なのであった。

第五章　ジンライ

あのバーベキューパーティーからあっという間に一週間の時が過ぎた。畑に撒《ま》いた種も芽吹き、日々の成長が楽しみである。

それにしても、様変わりしたよなあ。虹のかかる渓谷……いや、アガルタも。

アガルタ村、うーん、アガルタの里、どちらもしっくりこないな。アガルタだけの方がまだいいか。

真新しい家と畑が並び、鍛冶用の炉やガラス細工などができる工房、気が早いが倉庫なんてものも作ってある。

鬼族の人はそれぞれ色んな知識や技術を持っているので、小屋とハクの家だけだったアガルタが施設の充実した村にまで成長した。

建材も周辺からとれるもので種類が増えたんだ。どうやって作ったのか未だによく分からないけど、モルタルやレンガなどが増えた。

今のところアガルタには貨幣経済はなく、村人全員ができることを持ち寄って協力して生活している。

もう少し人数が増えたら今のやり方が難しくなってくるだろうけど、その時考えればいいさ。

「巫様、おはようございます」

「おはようございます」

まだ朝日が出たばかりだというのに、既に汗水垂らして地面にレンガを敷いている鬼族の人には頭が下がる。

俺？　俺はほら、起きたら顔を洗うじゃないか。顔を洗うには水が必要で、小川まで歩いていたところだったんだよ。

畑に水を撒いたり、温泉や川があったりで、地面が濡れることも多い。この前のように雨が降り続くことだってある。

そうなったとき、地面がぬかるんでしまう。台車を使ったりするときのことも考えると、地面が緩んでいると車輪が引っかかって進み辛いし、最悪台車が破損する。

色んな面から地面をそのままにしておくより舗装をした方が良い。ただし、手間がかかる。

そんな中、真っ先に手をあげてレンガを敷き始めたのが先ほど俺に挨拶をしてくれた鬼族の人だったんだ。彼は三十代半ばくらいの筋骨隆々の男で、八歳の娘がいる。

彼は川から村の中央になるハクの家前までレンガの道を作る予定だと言っていた。

彼がメインで作業をしているが、手の空いた他の人がいたら手伝っている。俺も一度だけレンガの道作りに参加したことがあるけど、姿勢がきつくてなかなか作業が進まなかった。

作業をしている手前申し訳なく思いつつ、顔を洗い小屋へ引き返す。

帰り道では早くも大きな竈から煙がもくもくと上がっていた。大きな竈はレンガを作ったり、炭を作ったりできるものだそうで、今は多分レンガを焼いている。

俺は鬼族の人たちのように村を発展させる何かしらの技術を持っているわけではない。

しかし、主に付与術で貢献している。エンチャントだよ、エンチャント。エンチャントを初めて見せた時は、村の人全員がカニシャと同じかそれ以上に驚愕《きょうがく》していた。

彼らは革命的だ、と口を揃えていたものの、どんなシーンでも使えるわけじゃあない。村の人は俺に気を遣って、「使えない」とは言わなかったけどね。

エンチャントは切れ味が優れすぎている。軽く当てるだけで大木を切り倒せてしまうくらいだから。

一方で、身体能力強化の方は誰にも試していない。加減が難しいのではと思ったのだよね。

とはいえ、いざという時があれば躊躇なく使うつもりだ。

幸い、ここ一週間で魔物がアガルタに現れるということは一回もなかった。そういや、俺がここに来てからでカウントしても一度もないな。

鬼族から聖域と呼ばれる所以《ゆえん》はこの辺にあるのかもしれない。

「おはよう、ハク」

「うん」

戻ってから一番驚いたことは鬼族の人たちの家があったことではなく、彼女が毎朝俺と同じくらいの時間に起きてくることだった。

栄養ドリンク的な薬を買ってきたのだけど、今の彼女には必要なさそうだ。

残念かって？　いやいや、逆だよ。薬を使うこともなく元気になってくれた方が嬉しいに決まってる。

そうそう、今日はハクと編み物をする約束をしていたんだった。

ん？　誰か足らないんじゃあ？　いや、クーンはちゃんと俺の傍にいるぞ。わおわおしてる。

もう一人いたような……あ、あのおっさんはまだ寝てるさ。鬼族の人からお酒を頂いたとかで、飲んだくれて楽しい休日を過ごしているんじゃないかな、うん。

「朝ごはんを一緒に食べてからハクの家に行っていいかな？」

「うん」

小麦は育てている最中で、米は栽培さえしていないのでパンも炊いた米もない。

炭水化物ががっつり取れないのは寂しいけど、そのうちパンは食べられるようになりそうだから今しばらくの我慢だ。

鬼族の人たちから分けてもらったウーロン茶そっくりのお茶にイノシシ肉のハム、あとはハムに挟む香草類である。

コショウを少し振って食べるとこれがまたシンプルながらも美味しいんだよね。

ハムの作り方を教えてくれたのも鬼族の人たちであることは言うまでもない。

調味料と少しばかりの手間をかけると、これほど美味しくなるんだよな。

初期の頃の食べ物は酷かった。あの時は食べること、が第一目標だったので仕方ない、仕方ない。しかしまあ、もう一度やれと言われたら辛い。

人間、贅沢を覚えるともう戻れなくなってしまうんだよ。とはいえ、いざとなればどれだけ美味しくないご飯でも生きることを優先するけどね。

行き先の選択から自給自足生活がベストだった事情があったけど、アガルタに来て生活したことは俺にとってかけがえのない経験になった。

裕福な家に生まれたからこそ、鬱々とした気持ちで日々を過ごしていたのだけど、ここにきてからはそんな気持ちは全て吹き飛んだよ。

落ち着いてきたら落ち着いてきたで、家族のことが気になってくる。ほんと都合のいい奴だな、俺って。

「美味しかった。ごちそうさま」

「うん」

ハクはコクコク頷くも、食べている間ピクリとも表情を動かしていない。基本的に彼女は感情を表に出さないし、声色に出るのもマレのマレである。

だからといって感情がないわけじゃないし、口数も少ないけど彼女と二人で接していても居心地が悪くなることはない。

むしろ逆だ。言葉や表情が乏しくても、彼女の気持ちは伝わってくる。彼女は穏やかでとても優しい人なんだってことは分かってるさ。

自分を護らず、俺に逃げろと言ったり、なんてこともあったし。

利他的……とは違うと思う。アガルタから離れられない理由があるのかも。

ちょっと話が逸れてしまったけど、言葉数少ない彼女に根掘り葉掘り聞くつもりもないので謎が解けることは今後ないかもしれない。

それはそれでいい。


朝食後はそのままハクの家にお邪魔した。

ハクの家には小さな文机が一つある。領都ハクロディアでは机と椅子がセットになったものが一般的であったが、ハクの家にある文机は地べたに座ってちょうどいい高さのものになっている。

ハクのサイズに合わせているから、俺が座ってもちょうどいい高さだった。

文机にはぐるぐるとロールに巻き付けた麻糸と、編針のみ置いている。編針は鬼族の人たちが持ち込んでくれたもので、麻糸はアガルタで作ったものだ。

知らなかったのだけど、近くに麻の群生地があるらしく、それらを採集して作ってくれた。もちろん、村の人が。

「麻袋を作りたいなと思ってて」

「袋？」

「大きさの違う袋を作りたくて」

コクコクと頷いたハクはさっそく編針を手に取る。

麻糸はたんまりとあるぞ。

俺も彼女の真似をして編針を掴むが、どうやりゃいいんだこれ。

「ティル？」

「ハクは編み方分かる？」

「見てて」

「おう」

葦の籠が作れたので、麻袋もなんとかなるんじゃね、と思っていたがどうやったら編めるのかを模索するのに時間がかかりそうだった。

あああ、うまくいかねええ、ってのを繰り返すもの嫌いじゃあない。しかし、ハクが分かるというなら縋りつきたい現金な俺である。

やり方不明なのにハクを誘ったのは彼女に失礼だろう、ということもあるが、事前に彼女には俺が編み物をやることは初めてだと伝えてあった。

その時の彼女はといえば、コクコクと頷くいつもの返答だったわけで。

さてさて、彼女の手元に集中、集中、だ。

麻糸を編針に通して、ふむふむ。ほうほう。

……もう分からなくなった。

「ハク、ストップ、ストップ」

もう一回最初からやってもらっても、すぐに追いきれなくなってしまう。

そこで、ハクと横に並んで座り俺が編針を持ち彼女に見てもらうことにした。

「こう」

彼女は小さな手を俺の手の甲にあて、間違っているところを教えてくれる。

俺とハクがもう少し大きければ、恋人の仲睦まじい様子だったかもしれないけど、俺たちじゃ微笑ましいがいいところ。

実践しながら教えてもらうと理解が進んだ。

「おお、こんなもんか、ありがとう、ハク」

よおっし、小さな麻袋が完成したぞお。これでコツを掴めた俺は次の袋作りに取り掛かる。

麻袋はいくつあっても困らない。麻紐を快く提供してくれた鬼族の人に感謝。

ハクは俺の三倍以上の速度で編み編みしていた。

「さっそく麻袋を使いに出かけない？」

「ん？」

「クーンの散歩も兼ねて渓谷の外で採集や狩りをしようかなって」

「いない」

いない？　とはどういった意味なのだろう。

いない、いない……あぶない……って言いたいのかな？

「クーンと俺がしっかり護るから安心して」

コテンと首を傾げるハク。ここ最近、彼女の体調は良くなってきていたので散歩をするのも良いかなと思ったんだよね。

どうしたものか、と後ろ頭を撫でていたらおもむろにハクが立ち上がる。

彼女の動きに合わせて伏せをしていたクーンもむくりと起き上がり、はっはと尻尾を振った。

「ティル？」

「い、行こうか」

ま、まあいいか。しっかりと周囲に警戒しつつ採集や狩りに勤しむとしよう。


先に俺がクーンに乗り、ハクの手を引っ張り彼女を俺の前に乗せる。彼女が落ちないように後ろから彼女を支えようと思って。

マルチェロの時は彼の方が体が大きいので俺が支えようにも難しかったけど、彼女なら俺でも支えることができる。

しかし、直接確認したわけじゃないけど、彼女は俺の助けが必要ないのだと思う。

気配を完全に消して後ろに立っていたり、と身体能力的にはマルチェロより優れているんじゃないかってほど。

それだけじゃなく、クーンの進化のことを知っていたりと幼い見た目とは裏腹に只者じゃあない。

「クーン、あの辺りを目指して走ってもらっていい？」

「わおん！」

やっと散歩ができる、と嬉しくて仕方ないクーンは俺の発言を聞くや否や駆けだす。

「うおっと、ハイ・センス」

崖を駆け上がるクーンの動きにハクへ覆いかぶさってこらえつつ、付与術を発動した。

索敵、採集対象の発見のためにも感覚強化は必須だ。今回はハクと一緒だからなおのこと。

彼女を危険に晒《さら》すわけにはいかないもの。


「お、クーン、止まって」

シュシの好物のマイタケを発見した。渓谷の周辺地域はキノコ類が豊富で助かる。

地中に埋まっている食材は発見が難しいのだけど、鬼族の人の情報によると結構あるらしい。

マルチェロと一緒に採集に向かった時も彼が教えてくれたが、当てずっぽうで掘り返しまくると時間効率が悪すぎてさ。

一方、目に入るものであれば感覚を強化していることもあり、クーンで移動していてもその姿を捉えることができる。

キノコの次に狙うのは木の実だ。果物でもいいぜ。

「クーン、右、おっけ」

よおし、クルミを発見した。綿のような実も見つけたのでひょっとしたら綿花かもと思い、麻袋に詰める。

リュックもあることだし、アロエも採集しておくか。マルチェロへのお土産にしよう。

この後三十分ほどクーンが自由に駆け回って採集をすすめていると、ふと、いつもと違う雰囲気を感じ、違和感を抱く。

「クーン、あの丘の上に行ってもらえるか」

「わおん！」

丘の上は周囲が見渡せる絶好のポイントだった。

強化された視力で遠くまでハッキリと見渡せる。

「うーん」

「探している？」

「うん」

「ハクも」

唸《うな》る俺にハクが尋ねてきた。ハクも探してくれているのか。強化状態の俺よりハクの方が感覚が優れていそうなので、ありがたい。

クーンから降り、地面に腰を降ろして目を閉じる。

見えないのなら、音だ。

違和感の正体、そして、探しているものとは狩猟対象である。イノシシや熊、鹿といった動物だけじゃなく、鳥の姿も見えなかった。

見えずとも、羽ばたく音や嘶《いなな》きが聞こえればと思ってさ。う、うーん。聞こえたような聞こえないような。

「アルティメット・センス」

ハイ・センスより強化率の高いアルティメットならどうだ。

いるいる。鳥もイノシシも鹿だって、魔獣の類いも捉えることができた。ただ、一キロ……いや二キロ近くは離れているんじゃないのか。

「ハクは見つけた？」

「分からない。違う場所、いい？」

「行こう、行こう」

「わおわお」

ハクは探したけど発見できていないらしく、他の場所も探してみたいと希望してくる。

俺も確かめたいことがあるから、移動は大歓迎だ。移動しつつも音に集中し、動物と鳥たちの動きを追っていく。

更に三十分ほどクーンに移動してもらって、動物と鳥たちの動きが分かってきた。

彼らは俺たちの動きに合わせて、二キロ以内に入らぬよう移動している。クーンの動きが速いから逃げ遅れ？　はあるが、一定距離に到達するまで移動することを止めない。

「ティル、あの山」

ハクが遥か遠く、霞《かすみ》がかかって影のように見える山を指す。

あの山に何かあるのだろうか？

強化された感覚で何か捉えられないかと、山のある方向へ意識を集中する。

生き物は多数いそうであるが……。

「違う」

「違う？」

「ティル、小さい」

「ま、まあそうだけど、ハクも似たようなもんじゃゃ」

まだ子供だから、体は小さい。同年齢と比べても小さい方だと思う。ハクは俺よりも華奢《きゃしゃ》なのだけど、ん？

彼女は握りこぶしをつくって自分の胸をトンと叩く。

察したぞ。彼女は体の大きさのことを言っていたわけではない。

違う、小さい、胸をトンとする。

彼女は霧がかかった影のように見える山のことを示したよな。それで、俺は山の様子を探ろうと、小さな動物の息遣いまで拾おうとしていた。

そいつが違うと彼女は言ったのだ。もっと大きく全体を捉えてみて、と説明した彼女は俺が理解できていないから感覚を、という意味で心の中の意味で胸をトンとした。

山全体の雰囲気を感じとる、とは難しすぎるだろ。

いや、感覚が超強化された今ならできるはずだ。隣の山を包み込むように捉え、影のように見える山と比較してみる。

「正直分からん」

「ティル、しゃがんで」

言われるがままに膝をかがめるとハクのおでこが俺のおでこにごっつんこした。

次に彼女は俺の手を両手で包み込むようにして握り、引っ張る。

引かれるがままに立ち上がり、前を向く。

次の瞬間、背筋がゾワリとし、全身が総毛立つ。

「あ、あの山……」

「うん、ハクも気が付かなかった」

「一体何がいるんだ……あの山に」

「行かなきゃ、ティル」

ふわりと浮くようにしてクーンの背に乗るハク。ただならぬ彼女の様子に俺も急ぎ彼の背にまたがった。

「戻ろう」

「うん」

ハクがクーンの頭を撫でると、弾けるようにしてクーンが走り出す。

◇◇◇

アガルタに戻り、集められるだけの村人を集める。酔っ払いも起きていてぼーっと丸太に座っていたから手伝ってもらった。

「みんな、逃げて」

「ハク様、一体何が？」

移住してきた鬼族の中で一番年配の男が代表して彼女に問いかける。

「天が変わる」

「天が……」

老年の男はわなわなと震え出し、崩れ落ちるようにして尻もちをつく。

そして、絞り出すようにしわがれた声を出す。

「ジンライ……」

「ジンライ！　誠ですか⁉」

「ハク様……」

表情を変えぬままコクンと頷くハク。

何のこっちゃ、全然ついていけねえぞ。そうだ、こんな時こそ解説役に解説を頼もうじゃないか。

昼行燈《ひるあんどん》とはまさに彼のこと、といった感じだった解説役マルチェロの顔がすううっと引き締まり、顎髭を撫でていた。

苦虫をかみつぶしたように渋面を浮かべ、小さく息を吐いたところで俺から彼に尋ねる。

「マルチェロ、ジンライって？」

「分からん」

「分からないのかよ！　てっきり分かっていてその顔だと思ったよ」

「分からんが、やべえ感じだぞ」

その何が起こってるか分からんが、なんだかやべえってのを聞かされても反応に困るぞ。

まだ酔いが回ってるんじゃないか、この人。

誰か、誰かあ。そんな俺に助け船が。

「あ、そっか、ティルくんはヒジュラから来たんじゃなかった」

「天とかジンライとかよく分からなくて」

「ヒジュラではわらべ歌にもなっている伝説なんだよ」

「おお、面白そう。聞かせてもらっていい？」

もちろん、とシュシが笑顔で語り始める。


雲一つない青空、太陽の光をたっぷり受けた小麦畑は黄金の穂を揺らし収穫の時を今か今かと待っていた。

畑の回りで走りまわる子供たち。そんな彼らを微笑ましく見守りながら穂の様子を確かめる男。

その時、突如、天が光を放つ。

『天が変わる』

男は茫然《ぼうぜん》と呟いた。

青空は黄金に染まり、強い輝きを放つと地面がえぐれ、畑も、家も、全て灰と化す。

里は壊滅し、山を越えた先の村も、その先の村も、全て、全て、壊滅した。

山も川も形を変え、人では敵わぬ魔物でさえも息絶える。

そして、天に光だけが残った。

その光の名はジンライ。

天にジンライ。地は生きとし生ける全てのものが息絶える。


「恐ろしい。そのジンライって奴はどうやって退けるんだろ……」

「白竜様が七日七晩ジンライと戦い、封印してくれたんだよ」

「封印したはずのジンライが復活しようとしている、ってことなのかな」

「うん、ハク様が『天が変わる』と言った」

『天が変わる』はハクと鬼族の間でジンライ再来のキーワードだった。

彼女はジンライが封印のくびきを脱することを予見できる巫女のような人と考えればしっくりくる。

あの影のように見える山にジンライがいるとしたら、アガルタはもちろん、鬼族の里ヒジュラもフェンリルのいた森、グラゴスの街までも飲み込むかもしれない。

「ジンライは一体どれくらい前に封印されたんだろう」

フェンリルのいた森の巨木を思い出し、ふとそんな疑問が浮かぶ。

「千年以上前だろうな」

独り言のつもりだったのだが、マルチェロが反応した。

あれだけの巨木に成長するまでには千年単位かかるってのは頷ける。

鬼族は遥か昔からジンライの伝説を語り継いでいたのか。

「そうだ、シュシ。長雨を予想したのはハクだけじゃなく、ヒジュラの星読みもだったよね」

「星読み様は大災害は『見える』けど、ジンライは雨や地震じゃないから」

なるほど、理解した。

ジンライを予見できるのはハクのみ。彼女が予見しなかったら、ジンライが現れるその時まで対策を打つことができなかったってわけか。

だいたいの状況が理解できたぞ。

「不幸中の幸い……か」

「改めて聞いてもやべえもんはやべえな。対策は逃げる、だけか?」

「いや、ジンライを撃退する、って手もある」

「いくらお前さんの付与術でも、ジンライがどんな奴なのか分からねえとどうにもできねえだろ。対策を打つには敵を観察しねえと」

どうやら、マルチェロの酔いが覚めたようだ。まともなことを言っている。

彼とて相手を知らずにはどうにもこうにもいかないと俺が重々承知しているってことは分かっている。

俺の焦りを察し、落ち着けるために言ってくれたのだと思う。

敵を知り己を知れば百戦危うからず。俺の大好きな名言の一つだ。今のところ分かっているのはジンライが生物だと言うことだけ。

あ、空を飛ぶことも判明しているな。空を飛ぶ相手を仕留めるには降りてきたところを叩くか、筋力を強化して岩などを投げるか。

といった感じに相手の特徴によって対処方法が変わる。ジンライが現れるまでに詳細情報を知ることは難しいと思う。

何しろ千年前に封印されたらしい生物だから、実物を見た人がいない。

「うーん、でもなあ……」

ハクの横顔をチラリと見て、視線を落とす。

俺の動きを見たマルチェロがぐいっと俺の腕を引く。そのままズンズンとハクたちから離れ、声を潜め俺に耳打ちする。

「お前さんのことだ、最善と思える手が浮かんだんだろ」

「ま、まあ……俺なりに、だけど」

「だが、そいつがお前さんにとって都合が悪い、ってんだろう」

「その通り、すげえな」

ガハハと笑い、俺の背中をバシバシと叩くご機嫌な様子のマルチェロをジトっと恨めしそうに見上げた。

すまん、すまん、と悪びれない彼に自分の考えを伝える。

まずはクーンの機動力を生かし、逃げ込める場所を探す。洞窟の中とか周囲が壁で囲まれているような場所がベストだ。

そんでしばらくの間、籠城できるように準備を進める。壁という壁は付与術で強化し維持すれば、凌げるはず。

これで凌げなかったら、諦めるしかない。

こうして退避場所を確保しつつ、アルティメットで身体能力強化してジンライの偵察を行い、奴の特徴を探る。

「ほう、てっきりジンライの行動範囲外まで村人を連れて逃げると思ったが」

「それは時間次第だなあ。籠城するなら俺とクーンだけの方がやり易い」

「俺も混ぜろよな」

「ははは、だけど、この案はなしだよ」

最善と頭で分かっていても、実行に移す手ではない。

実行に移せない理由はハクである。長雨の時もジンライが復活すると分かった時も彼女は俺に「逃げろ」としか言わなかった。

裏を返せば彼女は『この場から動かない』ということが分かる。彼女にはアガルタから離れられない何らかの理由があるに違いない。

彼女にとって護るべき地がアガルタなのか、アガルタにいないと生命活動を維持できないのか、どんな理由かは分からないけど彼女は長期間アガルタから離れることはできない。

散歩程度なら離れることができることは確認できているけど、どれだけ長く離れていられるのか分からない。

彼女の目的がこの地を護ることだとしたら、たとえ自分が滅びようともこの地に留まり共に滅びることを選ぶだろう。生命活動が維持できないのなら、アガルタが崩れれば彼女の命もない。

「ハクに聞けばいいんじゃねえのか？」

自分の考えを伝え終わったところで、マルチェロがもっともなことを口にする。

彼の問いかけに対し、即大きく首を横に振り応じた。

「ハクにはハクの事情があるんだ。無理に聞くのは、さ。聞くにしても他の手を考えてからにしたい」

「ははは、んだな。考えてからでも遅くはねえ。いや、先にあとどれくらいでジンライが復活するのか聞いてみようぜ」

「それはハクが分かるなら聞いときたい」

「十五日。クーンに乗って逃げれば三日」

こそこそと離れたところでマルチェロと会話していたのだが、いつのまにかハクが後ろに立っていた。

いつもながら全く彼女の気配に気が付かなかったぞ。

「十五日後にジンライが現れるの？」

「ハクの力がなかった。もっと早く気が付かなかった」

「ハクの力？　最近体調はよさそうじゃないか」

「少しだけ戻った。ティルのおかげ」

情報が多いぞ、少しばかり整理しよう。

ジンライが復活するのは十五日後、そんで安全圏まではクーンに乗って三日の距離になる。

次にハクのこと。ハクは体調が悪かったのではなく、以前より力を失って寝ている時間がとても長くなった？

俺が何かしたっけか。トラゴローが薬を彼女にプレゼントして、薬を飲んでもそれほど彼女の体調は変わらなかった気がする。

「俺がハクのためにやったことって、特にないような。薬は買ってきたけど、そのままにしているし」

「ティルが雨から護った。鬼族が戻ってきて、ハクは想いを受け取った」

「ハクの力の源って、みんながハクを想うこと？　祈ることや慮ること、と言い換えてもいいのかな」

「ティルたちだけじゃない。ハクも」

　お互いの思い、思い合うことが彼女の力となるのか。凄いな、世の中にはこんな素敵な種族がいたなんて。

　思いやりの心が力になる、なんて、ハクのような種族がたった一人になっているなんて寂しいことだ。

　待てよ、想いを力に変える、とか、この地を離れることができないとか。

　ハクって……。

　俺の考えを遮るようにマルチェロが俺の腕を引っ張り、口を耳元に寄せる。

「ティル、ちいとこっちへ」

「う、うん」

　腕を引かれるままにハクから少し離れたところで彼が囁く。

「ハクは普段食事をしなくても平気なんじゃねえか？」

「言われてみれば……そうかも」

「高位の精霊とか地を護る神霊みてえなもんなのかもしれねえ」

「ハクがねえ……」

　確かに只者じゃあないとは思っていた。彼女はこの地を護る守護霊的な存在なのかも。そういった存在であれば、場から離れることは難しいのかもしれない。

俺と出会った時はフェンリルがいたところの近くまで来ていたよな。あの辺りまでなら移動できるのかも？

そういや、フェンリルのいた森って巨木が立ち並び神秘的で神聖さまで感じるほどだった。

「ちょいと聞いてみることにするか」

「ん？」

マルチェロが動きだしたので、俺も彼についてハクの元に戻る。

「ハク、鬼族の里？　だったか、まで少しの間顔を出すくらいはできそうか？」

「ハクが？」

出し抜けに尋ねられたハクはポカンと口が開きっぱなしになっている。

機械のようにギギギとぎこちなく口を閉じた彼女の表情が歪む。初めて見る彼女の表情の変化に思わず彼女の手を握り、持ち上げ自分の胸の辺りに持ってくる。

じっと俺を見つめたまま、しばしの時間が過ぎた。無表情に戻った彼女だったが、震える声で言葉を紡ぐ。

「行ってもいいの？」

「散歩みたいなもんだよ。ほら、俺と一緒に出掛けたのとおなじだよ」

「ハクは動いちゃ、ダメ」

「ここにいないと体調が優れなくなっちゃう？」

彼女がブンブンと首を横に振る。

「鬼族の人たちはみんな、ハクのことを慕っていたから、ハクがヒジュラを訪ねたら大歓迎だと思うよ」

「日が暮れる、ダメ」

朝日と共に移動して夕焼け空が沈むまでに戻ってくればよいのか。

「行こう、ハク。ヒジュラへ」

ギュッと彼女の手を握ったままの手に力を込める。その力に応えるように彼女がコクリと頷く。

「念のため、もし日が暮れちゃったらどうなるの？」

「暗い時、蓄える」

「ここにいないと、蓄えることができないの？」

「そう、ここは龍脈があがってくる」

締まらないが、気になって仕方なかったのでハクに聞いてみた。彼女がこの地を離れられない理由は龍脈と呼ばれる魔力的な力を吸収しているから、か。

想いは彼女の力になり、龍脈は彼女にとって食事のようなものと想像すればよいのかなあ……。

◇◇◇

「もうすぐだよ」

「よおし」

シュシ、俺、ハクの順にクーンに乗り、アガルタを出た。俺とマルチェロが街に行っている間に鬼族の人たちがアガルタに到着していただろ。

そのことから、アガルタから鬼族の里ヒジュラまで最大で徒歩で三日程度の距離ではないかと推測したんだよね。

クーンの足なら半日で辿り着ける計算だ。

シュシの父カニシャにヒジュラまでの距離を尋ねたら、ズバリ三日だった。片道で半日かかると日が暮れるまでに戻ってくることができない。

そこで、付与術である。クーンにハイ・ストレングス、タフネス、アジリティの三点セットをかけた。

慣れるまでに少し時間がかかったけど、元のクーンの速度より三倍以上の速度で走ることができるようになった。

彼に掴まる俺にも振り落とされないように付与術をかけている。シュシは俺が支え、ハクはそもそもの身体能力が高いので問題なし。

そうそう、ハクが飛ばずにクーンに乗っているのは彼女の体調を考慮して、彼女もクーンに乗るとなったら体の小さいシュシを道案内にする、と自然と同行するメンバーが決まった。

そんなこんなでアガルタを出てから二時間から三時間くらいで鬼族の里ヒジュラが目前のところまで到達できたというわけさ。

道中は厳しい自然そのままの道なき道を進んできたのだけど、悪路に強いクーンの速度が落ちることはなかった。ほんとクーン様様だよ。


ヒジュラは街と村の中間くらいの規模だった。瓦屋根と漆喰で作られた城壁と門を見た時から俺のテンションはあがりっぱなしだ。

屋根の色はオレンジ色でハクロディア出身の俺からすると異国情緒あふれる興味深い景色だった。

里の中も瓦屋根と漆喰の壁が特徴的な家屋が立ち並んでいる。日本風ではなく、古代の中国風でもないな。一番近いのは沖縄の首里城？のイメージかも。

近いといっても明らかに首里城とは異なるんだけどね。日本風、中国風をコネコネして洋風の要素も足したような、表現が難しい。

「里長のところまで案内を頼む」

「うん、あっちだよ」

里長は里一番の年配の人で、その昔アガルタに住んでいたことがあるんだそうだ。今もアガルタに転がっている元は家屋だっただろう廃材のうちどこかに彼が住んでいたとなると感慨深い。

里長はハクが会いにきてくれたことをこれでもかと喜んでくれて、里の人を集められる限り里長の屋敷に呼んでくれたんだ。

ハクはそこで沢山の想いを受け取り、長居していられない俺たちは後ろ髪引かれながらも、急ぎ帰路につく。

急ぎすぎたのか、アガルタに戻ってきた時、まだ日が高かった。遅くなるよりはよいよな、うん。

今度ヒジュラに行く時はゆっくりと街並みを眺めたいなあ。

戻るなり、村人が息を切らせて走ってきて、俺への来客があると告げる。

感慨にふける間もなく、新たな事件が起きる。つ、次から次へと、どうしたんだってばよ。

「すぐ行くよ」

来客はハクの家の前に置いたベンチに座って待っていた。

その人は青を基調にした特徴的な魔術師ローブを身に纏っている。

あのローブは王国で魔法を使う者全ての憧れといっても過言ではないものだ。その証拠にローブには特徴的な星と月をあしらった紋章が刻まれていた。星と月は王国の魔術の象徴で王国最高の魔術師機関『宮廷魔術師』だけが纏うことが許されたローブである。

ツンと尖った革靴に鮮やかな赤色の長髪にパチリとした目をした愛らしい少女のような風貌。種族は人間で年の頃は……俺は実年齢を知っている、『彼』は十三歳でもうすぐ十四歳だ。

わずか十歳にして史上最年少で宮廷魔術師となった魔術の申し子『リュック・オイゲン』その人であった。

俺を見るなり彼は勢いよく立ち上がり、駆けてきて俺をぎゅうううっと抱きしめる。

「ティル！　ティルうううう」

「に、兄さん、痛い」

「ティルが攫われたって父様から聞いて、ハクロディアに戻ったんだ」

そう、この少女にしかみえない少年は俺の実の兄なんだよね。

魔法に愛された男の娘……おっと失礼、男の子とは彼のこと。『エレメンタルマスター』

リュックの名は王国だけじゃなく帝国にまで轟いている。

エレメンタルマスターも数ある魔法系統の一つで、火・水・風・土のエレメントと呼ばれる力を使いこなす。父はこのうち火に愛され炎の魔法使いとして勇名をはせていた。

エレメントマスターの発動する魔法は威力が極めて高く、超一流と呼ばれるエレメンタルマスターなら巨大なドラゴンをも一撃で屠《ほふ》るほど。

その分、火なら火、水なら水と使えるエレメントが決まっているので応用力に欠ける。

だがしかし、何事にも例外はあるんだ。この愛らしい兄のように。

彼は火・水・風・土のエレメント全てを使いこなす。そして、それらを使いこなすだけの強大な魔力も備えている。

規格外にもほどがあるってんだよ、我が兄は。

自分は兄から何故か異常に大事にされている。魔力のない伯爵家の落ちこぼれである俺を、だ。

ハクロディアを散歩していた時、来客の貴族連中から俺はお荷物だという会話を何度も盗み聞きしていた。

父もまた俺を愛してくれて、俺が必要ないなんて一度たりとも口にしたことはない。

それが、逆に辛かった。いっそ疎んでくれれば必死になってなんとかしようとしなかったし、アルティメットを開発して絶望することもなかっただろう。

俺は役に立ちたかったのだ。兄ほどではなくとも、せめて家名を傷つけない程度に。

父も兄も優しいから彼らのためにもお荷物になりたくなかった。一人、遥か遠くの土地に放り出された時には幸運だとさえ思ったんだ。

この流れなら家の名誉を傷つけずに離れられるってね。

「お、俺なんていてもいなくても……」

「何言ってるんだ、ティルを王国の宝を、帝国に渡すものかと僕だって頑張っていたんだぞ」

「言ってる意味が……」

「ティルがせめて十二歳になるまではのびのびと育って欲しいって父様が口止めしてたから言わないでおいてよ」

「あ、うん」

頬を紅潮させて必死に訴えかける彼の姿から嘘を言っているようには思えない。全然話が繋がらないのだけど、彼の勢いに押され頷くことしかできないでいた。

「帝国大学の魔術学部がティルを狙っているんだよ！　僕のティルを。ティルだって王国大学がいいよね」

「良いも悪いも、意味が分からないよ。お荷物の俺がなんだって」

「お荷物？　誰がそんなことを。……分かった。ティルを渡すまいと牽制《けんせい》したんだな」

「いやいや、待って、ちょっと頭が追いつかない」

右手を前に出して、可憐な兄を押しとどめる。

素直に彼の言葉を信じるなら、俺は最年少で世界最高峰の学術機関『帝国大学』に招かれるということになる。それは伯爵家にとっても誇らしいことだ。

本来の付与術を発動できない落ちこぼれの俺が？　意味が解らないだろ。

余談であるが、大学に入るには年齢制限がある。つまり、最年少での入学とは十二歳での入学なのだ。

「ティルの先生から聞いたよ。新しい付与術を開発したんだってね。さすが我が弟だよ！」

「そうだけど、下級付与術と比べても……だったよ」

「魔力が足りないんだから当たり前じゃないか。ティルの才能はそこじゃないだろ」

魔法を使うことと魔法を新しく開発することは別の才能であり、どちらも素晴らしいものだ、と彼は言う。

宮廷魔術師は魔法を使う高い才能が求められるのに対し、大学機関は宮廷魔術師を輩出することも目的の一つであるが、魔法の研究が最も重要で大学の格を示すものなのであると。

俄《にわ》かには信じられないが、俺はお荷物ではなかったのか？

「ティル」

「ごめん、ハク。兄さん、後でまた」

兄の勢いに押されていたが、今はやらねばならぬことがある。兄がここにきた目的は聞かずとも分かったからね。

村人はみんな俺たちの報告を待っている。

俺が兄ときゃっきゃしている間に、できる子シュシが村人にヒジュラであったことを語っていた。

あれ、俺もう説明することないんじゃね？

村人はシュシに任せて、俺は俺で次の計画を練ることにしよう。そこでふと傍らにいるハクと目が合う。

「体の調子はどう？」

「戻ってきた」

「ここからでもジンライの気配を感じ取れるのかな？」

「うん、今なら」

体調のよくなかったハクがジンライの来襲に備えられるように、と彼女をヒジュラまで連れていって正解だった。

案を出してくれたマルチェロに感謝だな。

おっと、彼にも用事がある。まだ小屋の中で寝てるかもしれないから、寝てたら夜に彼と作戦会議をしたい。

「よお、戻ったのか」

「起きてたんだ」

「まあな、さっき起きたばっかだが。ガハハ」

「さっそくなんだけど、相談したいことがあるんだ」

分かった、と親指を立てる彼であったが、目線が俺じゃなく頭越しに他のところに行っている。

「あの嬢ちゃん、お前さんの知り合いなんじゃねえのか。さっきからずっとお前さんを見てるぞ」

「俺の兄なんだけど、後で紹介するよ」

紙とペンがあればもっと作戦会議をしやすいのだが、ないものねだりはできん。いずれ街まで仕入れに行こう。

「どうやってジンライを観察しながら凌ぐか、ずっと考えてて、思いついた案があるから聞いて欲しい」

「ほおほお。楽しみだ」

「ハクはアガルタから動くことができない。灯台下暗しだったんだ」

洞窟を探して避難するんじゃなくて、アガルタは崖の下にあるわけなので横穴を開けて中を掘り進めばいいんじゃないかってさ。

付与術で強化したスコップなら軽々と岩を掘ることができるから。

こんな単純なことをすぐに思いつかないとは……。穴掘りは崩れてくる可能性もあり一筋縄じゃいかなさそうだけど、地下室を作るよりは断然難易度が低いはず。

さっそく掘ってみるか。善は急げと言うし。

動き出そうとしたところで兄のリュックに肩を掴まれる。

「ティル」

「兄さん、もうちょっと」

「一秒でも長くここにいたいのだけど、残念ながらできないんだよ」

「ん？」

突如下から拭き上がってきた風に髪の毛が煽《あお》られ目を細めた。

どこから風が？　と疑問に思うやリュックの体が浮き上がり、あっという間に彼の足が俺の頭の上までになる。

長い髪がふわりと舞い上がりローブもバサバサと揺れたまま、パチリとキュートに片目を瞑《つむ》るリュック。

「何も言わず抜けてきちゃったからさ。キミを連れていけないのが辛すぎるよ」

「俺は大丈夫だよ」

「うん、こんなに生き生きとしたティルを見たのはいつ以来かな。準備してからまた来るね」

「兄さん、一つだけいい？」

浮き上がってから喋られると声が届き辛い。一言一言、息を吸って声を張らなければお互いに聞こえん。

距離的なものより強い風が声をかき消す。

すると風がやみ、兄が俺をぎゅうっと抱きしめた。

「魔法で風を起こしたんじゃないの？　また降りてきたら魔力の無駄使いじゃ？」

「ティルのお願いなら、喜んで、だよ！」

「一つってのはそこじゃないから……。兄さん、いつの間に空に浮くようになったの？」

「ティルに会うためさ。だけど、誰かを連れて飛んだことがないんだ。だから、（ティルを連れていけなくて）辛すぎる」

あ、うん。辛いのは分かったから、そろそろ離れていただけないだろうか。

まさか飛んでくるなんて思ってもみなかった。彼のことだ。飛んだら探すのが捗る、速いとか思ったんだろ。それで本当に飛んでしまうのだから驚きを過ぎて乾いた笑いしかでない。

ようやく俺から離れた彼は細い指を口元に当て小首をかしげ、ニコリとする。

「分かった。一つってのはキミをどうして発見できたのか、を聞きたかったんだろ」

「それは気になる」

「キミを攫ったらしいイルグレイグが討伐されたと聞いて、んじゃ、近くにいるんじゃないかってさ」

「な、なるほど」

それじゃあ、と手を振った彼は空を飛び帰っていった。

彼の姿が見えなくなった後、マルチェロと共にスコップを掴み、どこを掘るかなと並んで歩く。

「台風みたいな人だな……」

「家に帰りたくない事情があると思っていたんだが、そうでもなかったのか？」

「ありがとう。俺に気を遣ってくれてたんだよな」

「結果的に遅いか早いかの違いだっただけになっちまったな」

ぼりぼりと頭をかくバツの悪そうなマルチェロにいやいや、と横に首を振る。

兄のイルグレイグが討伐された、発言で彼がこの場所を発見できた経緯をだいたい理解した。

グラゴスの街に行った時、マルチェロは俺が冒険者ギルドに行かないようさりげなく配慮してくれていたんだと思う。

彼は知っていたんだ。元から依頼があったイルグレイグの報酬金額が値上げされていたことと、俺の捜索願いの依頼が出ていたことを。

イルグレイグの報酬金額が値上げされていたことは完全な推測であるが、聞かずとも確信している。

マルチェロは俺が家に帰りたいとは一言たりとも口にせず、早々にアガルタで自給自足を決めた。まあ、そんな態度だったから、家に帰りたくない事情があると思われたんだろうな……

実際そうだったし。

そんなこんなで、兄はイルグレイグの討伐場所が判明してから高速飛行で移動、上空から村らしき場所を見つけ、情報収集をしようとしたら当たりだった……とまぁこんなところだろう。

喋っていたらすぐに手頃な崖に到着する。トントンとシャベルを指先で叩き、崖を見上げた。

「まあ、掘ってみよう」

「おうよ」

付与術をかけてっと。サクッとな。

うん、プリンみたいに掘り進めることができる。ツルハシとか必要ない、スコップだけで十分そうだな、うん。

◇◇◇

あっという間に二週間が過ぎた。

この間色々あったのだけど、結論から言うと今アガルタにいるのは俺とハクにクーンだけである。

兄のリュックが訪れて、崖に退避場所を作ろうとした日の夜、あることが気になってハクに聞いてみたんだ。

気になったこととは、ジンライについてハクが語った時に——。

『十五日。クーンに乗って逃げれば三日』

とあっただろ。

十五日後にジンライが復活するのは、言葉通りなんだろうな、と気になる点はない。だけど、クーンに乗って逃げれば三日ってよくよく考えてみるとおかしいんだ。

彼女と会話していた時には十五日の方に注目していたから気に留めていなかった。

クーンに乗って三日ってさ、『どの地点』から三日なんだ？　ジンライのいる位置から三日の範囲だとしたら、ジンライは空を飛ぶ生物と聞いているので移動もするだろうし。

常にジンライから三日離れてればいいのか？　それとも、ジンライの封印されている山から三日の距離を離れればいいのか？

ということをハクに聞いたところ、衝撃の事実が分かった。

ジンライは復活したらアガルタに向かってくる。そこにとどまり、周囲を壊滅させるのだ、と。

なんでアガルタなんだというと、アガルタはこの地域一帯の龍脈の臍《へそ》みたいなところ……俺的に分かりやすく表現するとパワースポットみたいなもんなのだと。

復活したジンライは自分を維持するためにアガルタの地に留まる必要がある。ハクがこの地を離れることができない理由もまた同じ。

そうなると、ハクって一体どんな人なんだ……と気になるが、相変わらず語らぬハクなので無理に聞こうとはしていない。

ジンライの件が落ち着いたら折を見て聞いてみてもいいかも。アガルタ、ジンライ、ハクに深く関わっているので、もう少し深く裏話を知りたいじゃないか。

そんなこんなで、村人には爆心地であるアガルタからヒジュラに退避してもらった。正確にはヒジュラ付近にある洞窟の中に。

十五日間という準備期間があったので、ヒジュラ付近の洞窟へ食糧を備蓄する時間はあった。もう一人忘れているんじゃないかって？　忘れちゃいないさ。マルチェロはグラゴスの街へ危急を知らせにいっている。信じてもらえるかは分からねえけどな、と言い残して。

空が光に包まれれば嫌でも気が付くと思うけどね……。グラゴスの街はジンライ災害の被害範囲内にある。グラゴスまではクーンで半日くらいの距離だもの。


「いよいよ、明日か」

二週間のうちにあった出来事を振り返っていたら、鍋がぐつぐつとしてきた。そろそろ食べごろかな。

いつの間にかハクが俺の隣にちょこんと座っていた。もう一方のクーンは寝そべってふああと欠伸をしている。

崖の中の避難所は村人に協力してもらって二日で完成しちゃって、その後はこうしてのんびりした時間を過ごしていた。

アガルタに住み始めた頃を思い出すなあ。嵐の前の静けさなのは分かっている。だけど、延々とこうした時が続いて欲しい、と心から思う。

「わおん」

クーンにはとっておきの瓜を惜しみなく与えた。明日はどうなっているか分からない。だからここぞとばかりに贅沢をしようってね。

その割に俺とハクには特段贅をこらしていない鍋であるのだが……。

「ハク」

「うん」

できたて熱々の具材をすくって器に盛る。まずはハクに、続いて俺に。

やっぱ調味料が入っていると美味しいねえ。ヒジュラに味噌《みそ》に似た調味料があって、最近のお気に入りなんだよね。

「美味しい」

「ハクはティルの想いで元気になる」

「ハクの味の好みってどんなの？」

「ん？　これ？」

器に目を落とすハクにそうそう、と応じる。

すると珍しいことにポツポツではあるが、ハクが語り始めた。

「ハクはティルたちニンゲンや鬼族みたいに食べなくても平気」

「食事をしないってこと？」

「食事はする。ティルたちと違うだけ」

「想い？　あとはアガルタから？」

コクリと頷き、地面に手を当てるハク。ジンライの話の時に大地の力を糧にすることをそれとなしに聞いていた。

人の想いを糧にするって素敵な種族だよな、ハクって。

和んでいたら突如ハクが立ちあがり、俺の名を呼ぶ。

「ティル」

「ジンライか！」

「起きた。来る」

「急いで退避しよう」

ハクの手を引き崖の中の避難所へ駆け込む。その時、背後から激しい光が差し込んだ。

前を向いていたら目が、目があ、ってなっていたところだった。

ジンライはあの山からここまで三分くらいで到着したってことかよ。とんでもねえ速度だな。

避難所は入口から急に下るように作っている。外はビカビカ光っているようだが、入口付近から中へ光が入ってこないように工夫したんだよね。

うまくいったようでホッとしたよ。この分だと崖ごと崩れない限りは凌げそうだ。

崖にも避難所にもエンチャント・タフネスとエンチャント・シャープネスを付与済みである。

「今のところ大丈夫そうだな」

「わおん」

クーンは外のピカピカにも怯むことなくいつもの調子で尻尾を振っていた。ハクはハクで無表情のまま、外を見ている。彼女もまた平常心を保っている様子。

俺だけ気がはやっていることを自覚し、落ち着くことができた。なにごとも平常心って大事だよね、うん。

「平常心、平常心……」

ブツブツ呟きながら、積み上げている木箱の一つを開ける。完全に危ない人だな……と後から気が付き頬が熱くなった。

カニシャの職人に作ってもらった一品を装備しなければ。

じゃじゃーん。取り出したるはスモーク入りのゴーグルである。こいつはジンライの発する光対策だ。サングラスよりしっかり固定できるから激しい動きをしてもズレてくることがないから助かる。

「よっし、最初からフルスロットルだ」

目を閉じ集中。行くぜ、最強の身体能力強化系付与術だ。

「発動、アルティメット」

急激な身体能力強化に頭がクラクラとする。足元がおぼつかなくなった俺にクーンがよりそい、もふもふと支えてくれた。

「クーンにも付与術をかけるよ。慣れるまでしばらくかかるから気を付けてね」

「わおわお」

クーンにはハイ・ストレングス、ハイ・タフネスの二つの付与術をかける。

そろそろと避難所の入口まで進み、外の様子を確かめた。

ゴーグル効果で眩しさを覚えることもない。

アルティメットの感覚強化があり、目視せずともだいたいの形は捉えている。

奴のいる場所は上空二十メートルあたり。

「あれか……」

黄金のたてがみを持つ馬、それがジンライの第一印象だった。

たてがみは雷を凝縮したようにバチバチと稲光を放っている。たてがみと同じ雷が尻尾、足元、目の周りにもあった。

頭部は馬ではなく、中華風の竜といったところ。体の周囲は真っ赤な炎が渦を巻くようにグルグルとしていた。

全長はおよそ二十メートルと圧巻で、その姿は神々しくもある。

ズバン、ズバンと大地に巨大な稲妻が打ち付け、場所によっては火災となっていた。これが、クーンが三日走る距離まで轟く可能性があるってことか。

地下や洞窟の中なら岩ごと破壊されない限り安全が確保できそうであるものの、外が火災となると作物も家も全て燃えてしまう。

「早くなんとかしないと……」

「まだ、これから」

ハクがよいしょと俺の隣に並ぶ。

「復活したばかりだから、大地から力を吸い上げ、どんどん力が増していく、ってことなのかな？」

「うん」

不幸中の幸いか、今は見える範囲だけの稲妻が落ちているだけ。ヒジュラやグラゴスは被害を受けていない。

『今は』だけどね。村や街だけじゃなく、森が全て燃えてしまうと生活が成り立たなくなってしまう。

危険は高いが外に出て、大岩をぶつけてみるか。

クイクイ。

その時、クーンが鼻先で俺の肩をおしてくる。

「どうしたの？　クーン」

「わお、わおわお」

クーンが前脚を上げて何かを主張している。なんだろう、自分を指さすと嬉しそうに尻尾を振った。

後ろに下がった彼は軽く跳ね、前脚を俺の方に向ける。

「アルティメットをかけて欲しい？」

「わおん！」

ハイシリーズに比べアルティメットは制御が遥かに難しい。制御がきかず暴走し自分だけじゃなく他も傷をつけてしまいかねなかったから、これまで自分以外にはアルティメットをかけるのを控えていた。

いや、アルティメット・ストレングスなど単品の強化ならまだ……。

クーンの頭を撫で、彼の決意した瞳を見て弱気になっている自分の考えを改める。

「いくよ、クーン」

「わおわお！」

「発動、アルティメット！」

「わおおおおん」

アルティメットを付与した途端、クーンの体から青白いオーラのようなものが沸き上がり、彼の体を包み込む。

オーラの色が濃くなり、クーンの姿が見えなくなってしまう。

「クーン」

自分の時とはあまりに異なるアルティメット発動後の状態にアルティメットを解除しようと彼に触れようと手を伸ばす。

その時――。

オーラが晴れ、一回り大きくなったクーンが尻尾を振っていた。

毛色が純白から青みがかった白……アイスホワイトとでも表現しようか。アイスホワイトカラーのクーンがペロンと俺の頬を舐める。

クーンはクーンのようで安心したよ。

「フェンリル」

「クーンはフェンリルじゃなくてクーシーなんだよね？」

独り言のように呟かれたハクの言葉に反応し、彼女へ質問を返す。

「いまはフェンリルと同じ」

「アルティメットが一時的な進化を促したのかな？」

ハクは首を横に振るばかり。彼女としても何が原因なのか捉え切れていない様子。

考察は後からでいい。

「クーンは俺と一緒に行きたかったんだよな、それでアルティメットをかけてくれと」

「わお」

「ごめん、一人で外に出ようとしていて。共に行こう、クーン」

「わおん！」

言わずとも彼には分かっていたらしい。そうだな、クーン。俺たちはどこまでも一緒だ。

クーンにまたがり、彼の首元を撫でる。

「ハク、すぐに戻る」

そう言い残し、雷が絶え間なく降り注ぐ外へ。


ピカっと光ったと思ったら、地面に雷が突き刺さっている。

だけど、これは本物の雷ではない。『本物の』ってのが何をもってとすべきか異論が多数あるけど、自然現象の雷とは異なる、という意味で本物とは異なると表現した。

素の俺では気が付かなかったが、アルティメットを付与した状態でジンライが発する雷を観察すると一目瞭然だったんだ。

自然現象の雷と同じだったら、そのまま外へ出ることはしなかったよ。

ジンライの発する雷は『遅い』んだ。目視できるほどに。そうだな、マッハ三くらいだろうか。更に空が光ると確実に雷となり数秒後に落ちてくる。

自然現象の雷だと光って落ちてくるとは限らないし、光速なので回避不可能だ。

だからといってジンライの雷が劣っているのかというとそうでもない。観察するに狙ったところに落とせるようだし、破壊力も規格外である。

「クーン、空が光ったら真っ直ぐ落ちてくる、右だ」

「わおん」

動くものに対し優先的に攻撃をしてくるようになっているのか、次から次へと雷が俺たちに狙いをつけて落ちてきた。

しかし、クーンは雷に当たらないスレスレのところで華麗に回避していく。

「エンチャント・タフネス、そして、エンチャント・ストレングス」

崖を強化すると同時にクーンが崖を駆け上がる。

後ろを追いかけるように雷が落ちるも崖が崩れることはなかった。よおし、強化済みの崖なら雷でも崩落してくることはなさそうだな。

崖の上には予め準備していた大岩がいくつも鎮座していた。

大岩もエンチャント済みだ。

大岩を掴んだところで雷が落ちてくるが、大岩を盾にして雷を防ぐ。

「うおおおお」

力いっぱい大岩をジンライに向けて放り投げる。

音速を越えた大岩からソニックブームが発され、ジンライに直撃……する前に雷のオーラでバラバラに崩れ落ちてしまった。

「雷のオーラ？　が厄介だな」

奴の攻撃は回避できている。色んな手を試してみて奴に通る攻撃を模索していけばいい。

「平常心、平常心……ああ」

『グルウアアアアアア』

ジンライが鼓膜をつんざくような咆哮《ほうこう》をあげる。あまりの音に木の枝が揺れ、ひらひらと多数の葉が落ちてきた。

ぐ、ぐう。

音によって動きが鈍ったところへ雷が！

しかし、クーンが身をひるがえし間一髪のところで回避してくれた。

「ありがとう、クーン」

「わおん！」

ふう、肝を冷やしたぜ。大岩だとダメなら次は何をぶつける？

考えを巡らせている間にも絶え間なく雷が落ちてくるが、軽々と回避（クーンが）しつつ跳躍し、崖の反対側に着地した。

すっげええええ。百メートル以上跳んだぞ！

「ん」

雷が止んだ。さすがに連続で雷を打ち続けて魔力切れとか息切れでも起こしたか？

違う！

溜めているんだ。

『グルウアアアアアア』

ひときわ大きな落雷が襲い掛かってきた。でかすぎだろ、あれ。

これでは大岩で防御してもクーンに当たってしまう。

瞬時に防御することを諦め、クーンに全速で駆けてもらい回避。

ガサリ。

最大強化した俺の聴覚がわずかな異音を捉える。これは、足音だ。

俺以外の足音となれば、ハクのものとなる。足音のしたところは避難所の入口付近……ハク、外に出たのか！

ジンライは俺とクーンに集中しているが、動くものとなれば容赦なく雷を落としてくる。

俺たちは崖上にいて、避難所は崖下だ。

「クーン」

呼びかけるだけでクーンは俺の意図を察知し、雷を躱《かわ》しながら避難所に向かう。

ハクもまた俺たちの方へ進んできていた。

「ティル、ハクにもかけて」

「分かった。外は危ないって」

『グルウアアアアア』

俺の声がジンライの凄まじい咆哮でかき消される。この咆哮の後にくるのは。

マズイ！

空にはひときわ大きな光の塊が浮かび上がっている。

『付与術だよ、ティル』

その時、頭の中に声が響く。付与術？　どこに？

次の瞬間、地面がめくれ上がり俺たちを護るような土の盾となる。

「エンチャント・タフネス」

土の盾に付与術をかけたのと雷が直撃するのはほぼ同時だった。

「ふ、ふう。危なかった」

「間一髪だったね」

「兄さん！」

「急いで向かって正解だったよ」

声をした方を見上げると宮廷魔術師のローブに身を包んだ赤毛の女の子……ではなく兄のリュックが空に浮かんでいたではないか。

彼はキュートに片目をつぶり、ひらひらと小さく手を振る。

「兄さん、もう少しだけ土の盾を維持できる？」

「任せて」

ハクと兄の二人をクーンに乗せても彼のスピードは維持できると思う。万が一を恐れているのではなく、このままここでハクに付与術をかけた方が安全かつ早い。

ハクの手を握り、彼女と目を合わせる。

「行くよ、ハク」

「うん」

「発動、アルティメット」

ハクもまたクーンと同じようにオーラのようなものに包まれていく。クーンとはオーラの色が違って白色だった。

ハラハラしていると、今度は兄が目を輝かせてお願いしてくる。

「僕にも」

「兄さん、ハイ系の付与術の方がいいと思うんだけど。アルティメットでいきなり実戦はリスクが高い」

「大丈夫、僕だよ？」

「発動、アルティメット」

にこりと天使のような微笑みを浮かべられて謎の自信に満ち溢れられても……まあ、リュックは規格外だし初めてでも問題なく乗りこなしてくれそうだ。

彼はクーンやハクと異なり、俺と同じようにオーラに包まれるなんてことはなかった。

「ふーん、これは楽しい」

「魔法も強化される？」

「間接的にね。魔力は強化されないけど、感覚が強化されることはとても大きいさ」

「そこは俺も理解できるよ」

先ほどハクの動く音に気が付き、位置を特定できたように感覚が強化されるということは、それだけ動き出しが早くなるってことさ。

クーンと同じ感じだとすれば、そろそろハクのオーラも晴れるはず。

「ティル、もう大丈夫」

彼女の声と時を同じくしてオーラが消え、彼女の姿が露わになる。

彼女が少しだけお姉さんになっていた。今の彼女はリュックと同じ年頃くらいの少女に見える。

背からは飛竜のような純白の翼が生えていた。初めて彼女に会った時に見たな、体力を消耗するとかなんとか。

「封印する」

表情を変えぬままハクが言う。

「封印って、ハクはジンライを封印することができるの？」

「できるようになった。ティルのおかげ」

「過去にジンライを封印したのもハクの一族だったの？」

「ハク」

ハクの一族ではなく、ハクがジンライを封印した。俄かには信じられないが、彼女が嘘を言う理由がない。

だけど、気になることがある。

「ジンライを封印したとして、ハクは無事なの？」

彼女は首を横に振る。この時に至っても彼女の表情は変わることがなかった。

ダメだろ、それじゃあ。何のためにここにハクと共に残ったんだよ。

「封印はダメだ」

「どうして？」

「倒せばいいじゃないか。今のハクじゃ、アルティメットで封印できるほどまで力を取り戻せたといっても封印で力尽きてしまったら、次はどうするんだよ」

「次……」

ここで初めて彼女の表情が変わる。

とっさに浮かんだことであるが、ハクにしか封印できないとしてここで彼女が倒れたら、ただの時間引き延ばしにすぎないのだ。

彼女が次回も封印できるのでなければ、封印に意味がない。

彼女を失いたくない気持ちからの思いつきであったが、理にかなっているじゃあないか。

「そうと決まればティル、作戦会議だね」

「うん、一旦退こう」

せっかくこの場でアルティメットをかけたところであったが、避難所へ撤収することにした。

全員アルティメット状態なら楽々進むことができるので、ここでアルティメットをかけたことは無駄ではないさ。

避難所で議論すること十分くらいだろうか。だいたいの作戦は決まった。

「ワクワクしてきたよ」

「うまくいかなかった時こそ注意だよ」

軽い調子で微笑みを浮かべる兄に釘を刺す弟。逆だろ、とか思いつつも肩の力が抜けた。

伏せたクーンの鼻先に手を置き、兄が手を重ね、もう一方の手でハクの手を取り更に手を重ねる。

「よし、行こう！」

ハクは戦いの後も無事であることを絶対条件にした。

これだけは絶対に譲れないからね。言うまでもないが、俺たちが全員無事に生還することも必須である。

だからこそ、ジンライを倒せなかった時の退避方法については入念に話をした。

二度目の出撃だ。これで終わらせるぞ！　とは言わない。怪我なく戻ることが最優先だから。

外に出るや、リュックとハクは空へと飛び立つ。俺はクーンに乗り、崖へ。

それぞれに雷が襲ってくるが、誰しもが楽々と回避する。

雷を躱しつつ、大岩を置いてある崖の上へあっという間に到達した。

よおし、状況開始だ！

右手を高々と掲げ、合図を見たリュックがのろしをあげる。

「いくよ、水と土のエレメントよ、僕の願いを。アイスコフィン」

彼が術式を組み上げている間にこちらも動く。

ピキピキピキ。

空気がピンと張りつめ、巨大な水球がジンライに直撃する。

雷のオーラで迎撃しようにも水は液体なのでバラバラになることもなく、弾かれることもなかった。

水球がジンライを包み込んだその瞬間、ピシピシピシとそれが凍りつく。

そこに高く跳躍したクーンが迫る。

「ここだ！　エンチャント・タフネス！」

氷に触れ、付与術で氷の塊を強化！

ただの氷ならジンライ相手には数秒ももたないだろう。しかし、エンチャント状態であれば話は別だ。

「ハク！　頼む！」

俺が叫んでいる間にクーンが華麗に着地する。

ハクは着ていた服を脱ぎ捨て、両手を胸の前で組む。ぼふんと白い煙があがり、彼女の姿が巨大な純白の鱗を備えたドラゴンへ変化した。

神々しいまでの白竜、それが彼女のもう一つの姿だったのだ。

大きく息を吸い込んだ彼女の口元から青白い炎が漏れ出てくる。

しかし、早くも氷の塊にヒビが入り始めてきた。間に合え！

祈るようにジンライと氷の塊を凝視する。

ゴアアアアアアア！

ハクの口から青白い炎のブレスが吐き出され、氷の塊ごとジンライを飲み込んだ。

ブレスが消えた後、そこには何も残っていなかった。

「よおおし！　ハク！」

ブレスを吐き出した直後、力を使い果たしたハクはドラゴンの姿を維持することができず元の少女の姿に戻っていた。アルティメット状態の十五歳の姿ではなく、俺と同じくらいの年齢に見える元の姿にまで。

後にハクから聞いた話なのだけど、彼女の姿は三段階ある。

最も省エネかつ出せる力が弱いのは八歳くらいの少女の姿で、維持コストもあがり、一時的にならば最も強い白竜の姿になることもできる十五歳くらいの姿。そして、維持するだけでも莫《ばく》大《だい》なコストがかかる白竜の姿だ。

ただでさえ維持コストがかかる白竜の姿でブレスを放ったものだから、アルティメットでブーストしていても一発で力を使い果たしてしまったというわけだ。

白竜の姿をずっと維持するには数千人規模から信仰を集めないといけないみたいで、現状不可能とのこと。

ジンライと戦った当時、彼女は多くの信仰心を集めていた。残念ながらジンライによって多くの村々が壊滅してしまい、封印で大きな力を使い果たしてしまった彼女は信仰心を集めることもできず、少女の姿のままだったらしい。

長い時が過ぎたから、鬼族の人たちの中で彼女の本来の姿を知る者はおらず、ハクの姿から白竜は想像できないため、別の存在と思われるようになったのかもな。

でもさ、過去に白竜の姿を維持できていたのなら、将来そうなることもあるだろ。ジンライはもういない。いずれ彼女を慕う多くの村ができることを切に願う。

クーンから降りふらりと倒れそうになる彼女を支え、服を上から被せた。

「ハク、消えないから」

「うんうん、ジンライはもういないよ」

ジンライの雷のオーラは大岩だけでなく、ハクのブレスをも無効化してしまう。物理的な壁、炎でさえも弾いてしまう雷のオーラを水なら包み込むことができるんじゃないかってのは賭けだった。

水でまとわりつかせて氷に変化させれば、一時的に雷のオーラを無効化できると踏んで作戦実行したら大成功で嬉しさより信じられない気持ちの方が今は大きい。

「やったね、ティル、ハク、もちろん、クーンも」

ふわりと地面に降り立ちキュートに片目を瞑るリュック。

「わおん！」

クーンが元気よく鳴き、激しく尻尾を振る。

「あ、兄さん。疲れているところ申し訳ないんだけど、もう一つお願いがあって」

「言われなくてもやるよ、だけど、ちゃんとご褒美を用意しておいてよ」

「ご褒美って……？」

「それはティルが思いっきり抱きしめてくれることさ。よくやった、ってね」

それくらいならいくらでも。

リュックがパチンと指を鳴らした途端、俺たちがいる場所を避けて局地的な大雨が降り雷によって広がった火災があっという間に鎮火された。

「ふうう。終わった、終わった」

「うん」

「ハク、後ろ向いておくから服を着て」

「寒くはない」

そういうわけじゃあなくてだな……。彼女の本質は白竜だからこれもまた仕方なし、なのか。白竜の姿のときには服を着ていなくてもなんとも思わないのだけど、人の姿になると全裸は困るってのも勝手な話……ってそんなわけあるかあ！

締まらない最後にたははと苦笑いすると、不思議そうに俺を見上げるハクなのであった。

兄がはやく、はやく、というオーラを出しているが、俺が動くとハクに被せた服がはだけてしまうから動けないいんだ。ははは。

エピローグ

ジンライ襲来からもう一週間が過ぎようとしている。

雷によってせっかく建てたばかりの家屋が燃えてしまい、芽吹いたばかりの畑もボコボコになり作物を育てることができる状態ではなくなってしまった。

アガルタにはジンライ討伐後、すぐに村人が戻り総出で復興作業に取り掛かっている。もちろん俺も彼らと一緒に汗水流して作業をしているぞ。

「巫様！　ヒジュラの里長がお見えです」

「わざわざここまで？」

畑を耕していたら、思ってもない人物が訪ねてきたと聞き、ハクの家に向かう。

そうそう、ジンライの雷で唯一無事だったのがハクの家だったんだ。

他の家は突貫で作ったものだから、お客様を迎え入れるようにはできていない。ハクの家も机と椅子があるくらいで新築の家と比べてそこまで変わるわけでもないのだが……。

「あのジンライを討伐されたと、感謝してもしきれません」

「たまたま作戦がハマっただけで」

深々と頭を下げられ恐縮だよ。里長はアガルタに移住したいと申し出ている者が十名ほどいるが、いつごろなら可能かと尋ねてくる。

即日でもよいよ、と彼に伝えておいた。元々、移住し始めたばかりだったし、何もなくても良いのなら大歓迎である。

この後里長は村人にお任せして、畑作業の続きをしようとしたがクワが全て使用中だったのでクーンと採集に出かけようとしたらまたしても来客が。

来客というのか微妙なところだけど……。

「よお、元気にしてたか」

「マルチェロ！」

そう、来客とはマルチェロだったのだ。

積もる話はいっぱいある。

「またしばらくここでのんびり予定なの？」

「んだな。グラゴスで色々疲れたからな」

グラゴスの街へ危急を知らせに行ってくれたマルチェロは、ジンライがいかに危険か冒険者ギルドのお偉いさんたちに語ってくれたんだそうだ。

みんな半信半疑だったのだけど、ジンライが出現して空がただ事ではなくなり大騒ぎになった。

一日もしないうちに空が元通りになったので、あーだこーだと色々聞かれ、誤魔化しつつのらりくらりとやり過ごすのに時間がかかったんだって。

正直すまんかった……。

ささ、ささ、と彼に酒を勧めていたら、空から少女が降って……本日晴れ時々少女ってね。

空から降ってくる人間なんて一人しかいない。

「ティルー！　僕だよ！」

さっそく抱き着いてこようとしたリュックをさらりと躱す。

「兄さんも、ほら、フルーツとジュースがあるよ。甘いの好きだろ」

逃げるようにしてクーンと共に外へ繰り出そうとするも、二人のことが気になり振り返ったら、意外にも俺には注目していなかった。

何やらリュックが悪だくみをしていそうな顔でマルチェロに囁いている。大人なマルチェロはしゃあねえなあ、と肩を竦めている。

ま、俺のことじゃなきゃいいや。


ハクと一緒に来た見晴らしのよい丘で、んー、と伸びをする。

ジンライがいた山はここから見えなくなっていた。奴が封印を解いたときに崖崩れとかで山の形が変わってしまったのかもしれないな。

クーンから降り、その場で座り込む。そんな俺の横にクーンも寝そべり、くああと欠伸をする。

「やっとのんびりと暮らしていけそうだ」

「わおん」

クーンのお腹に頭を乗せ、ウトウトしてきてハッとなった。

アガルタじゃなく外で呑気に寝てしまいそうになるとは、さすがに気が緩みすぎだろ。

「ふああ、もうちょっとだけ休んだら採集して帰ろうか」

もう少し落ち着いたら心配している家族に会いに行こう。ここでの暮らしを手放すつもりはないので、彼らへの説得が大変そうではあるが……。

などと考えていたらまた寝そうになり、慌てて立ち上がる。

「よおっし！　行こうか」

「わおん」

すぐにマイタケを発見し、それらを袋に納めた。

数日後、伯爵家御一行がアガルタへやってきて大騒ぎとなるのだが、それはまた別の話。

おしまい

特別編　父さんには内緒だよ

オイゲン伯爵領の領都ハクロディア……の上空で「もう何もかも諦めました好きにしろ」と憮然《ぶぜん》と腕を組みされるがままになっているマルチェロと、彼を空の旅へいざなったリュック。

「もう到着するよ」

天真爛漫、無邪気そのものの笑顔を見せるリュックの顔は年齢より幼い少女の顔である。

子供好きなマルチェロとしては彼の笑顔に絆《ほだ》されそうになるが、自分の置かれた状況を顧みて緩みそうになる顔をぐっと堪えた。

「今更だが、俺はいてもいなくても同じじゃねえのか？」

「必要、必要さ」

コロコロと笑ったリュックは、伯爵家の屋敷にあるテラスへふわりと着地する。ようやく地に足をつけることができたマルチェロは、地面のありがたみを確かめるかのように何度かその場で足踏みをした。

彼らの到着を待ち構えていたらしい執事とメイドが時をおかずテラスへ顔を出す。

「父様はいるかな？」

「自室にいらっしゃいます」

自室かぁ……。内心ため息をつきながらも、顔には出さずマルチェロに「ちょっと待ってて」と言い残したリュックは父の自室へ向かう。

「父様、リュックです」

リュックの発言と同時に勢いよく扉が開く。

扉を開けたのはマルチェロと同年代くらいに見える手入れされた顎髭が特徴の紳士であった。

彼こそは現オイゲン伯爵家当主ブライアン・オイゲン伯爵である。

彼はリュックの顔を見つめたまま、何かを訴えかけるようにだんまりを決め込んでいた。

どっちが子供か分からないよ、と呆れつつももう一度発言するリュック。

「パパ、戻ったよ」

「おおおおお。リュック。よく戻った」

がばあっと抱きしめようとしてきた父をヒラリと躱す。

父は自室にいる時だけこうなのだ。リュックもティルも父が自室以外にいる時は「父様」と彼のことを呼ぶ。彼に対する喋り方も丁寧な口調で喋る。しかし、彼が自室にいる時は異なる。

普段と同じように接すると悲しそうな顔をして黙ってしまうのだ。

「パパ、ティルは父さんと呼んでるじゃない？　僕も同じじゃダメなの？」

「リュックは愛らしいからそのままがいいのだよ。おっと、ティルが可愛くないと言っているわけじゃないぞ」

「そ、そう……ま、まあいいよ。元気そうで」

「元気ではないぞ。ティル、ティルのことは何か分かったか？」

必死すぎる父に少しいじわるがしたくなったリュックは、細い指を唇に当て「ん」と可愛らしく首を傾ける。

「そうだねえ。僕も色々探し回ったよ」

「それで……何か手がかりがあったのか!?」

もの凄い食いつきに対しリュックはのらりくらりと肝心な情報を躱し続けた。

「あ、そうだ」

「お、おお？」

「イルグレイグ、討伐されてたよ」

「場所は？　どこなのだ？」

うーん、なんという街だったかなあ、とじらすリュックに父のそわそわも最高潮に達する。

これ以上ひっぱると父が倒れるかも、と懸念した彼はようやく語り始めた。

「隣国のグラゴス街から数日の距離にある深い森の中だって」

「も、森の中……」

「安心してよ、ティルは無事だよ」

「お、おおおおお。ならばすぐに会いに行かねば」

駆けだそうとする父の肩を押し、その場にとどめる。

「パパ、使者を出すなりしなきゃいけないんじゃないの？」

「私自ら使者となろう、どのような魔物だろうが灰にしてくれる」

「森にいる魔物を、ってこと？　色々過程を飛ばしすぎだって。パパはそうそうここを離れることはできないでしょ」

「そ、そうであった……」

伯爵の立場でそうそうこの場を離れるわけにはいかないことは伯爵本人も重々承知している。

落ち着きを取り戻した伯爵は口惜しそうに唸り、書簡をしたためるため執務机に向かう。

「マルチェロ、せっかく来てもらったけど、帰ろう」

「お、いいのか？」

「うん、父様は僕の言葉だけでティルが無事だと信じてくれたから」

「まあ、お前さんがよいのならいいか」

連れてこられた理由も分からぬままであったが、なんのかんので付き合いのよいマルチェロは気にした様子はない。ただ、体が浮く感覚に眉をひそめるのであった。

あとがき

「不遇な俺のお気楽辺境スローライフ～隠居したちびっこ転生貴族は最強付与術でもふもふ相棒と村づくりします～」を手に取っていただきありがとうございます！

はじめましての方もしばらくぶりの方も改めまして作者のうみです。

おかげさまで、グラストＮＯＶＥＬＳで第三弾を出させていただけました。本作も「スローライフもの」にカテゴライズされる作品となりますが、作者として初の試みがあります。

それは、主人公が子供であること。過去にＷＥＢ小説では書いたことはあるのですが、商業作品としては初の子供主人公です。

とはいえ、本作は一人称で描かれる物語ですので、中身大人な主人公ということもあり「子供感」はあまり出ていなかったかもしれません。とはいえ、大人との体の大きさの違いなど、子供サイズであることを意識して書いてみました。「子供らしさ」も伝わっていれば幸いです。

（見た目のところは、コミカライズしてくれないだろうか……と淡い期待）

暴走気味の前置きが長くなってしまいました。本作の裏話を一つ語らせてください。

本作ではそれなりの数の登場人物がいたものの、女の子はハクのみでした。見た目的にそのままでは寂しいなと思い、兄のリュックを男の娘にすることに。とはいえ、彼の口調は男の子のままにしました。今回は彼の私服は登場しておりません。何故彼の宮廷魔術師服が女性ものなのか、など機会があれば語ってみたいと思っています。

最後に、編集さん、イラストレーターさん。そして、本書をお手に取って頂いた読者のみなさま、この場を借りてお礼申し上げます。

またどこかの作品でお会いできることを。

うみ

不遇な俺のお気楽辺境スローライフ
〜隠居したちびっこ転生貴族は最強付与術で
もふもふ相棒と村づくりします〜

2024年10月25日　初版第1刷発行

著　者　うみ

発行人　菊地修一

発行所　スターツ出版株式会社

〒104-0031　東京都中央区京橋1-3-1　八重洲口大栄ビル7F
TEL　03-6202-0386（出版マーケティンググループ）
TEL　050-5538-5679（書店様向けご注文専用ダイヤル）
URL　https://starts-pub.jp/

印刷所　大日本印刷株式会社

ISBN　978-4-8137-9373-1　C0093　Printed in Japan

［うみ先生へのファンレター宛先］
〒104-0031　東京都中央区京橋1-3-1　八重洲口大栄ビル7F
スターツ出版（株）　書籍編集部気付　うみ先生